異世界でカフェを開店しました。6

甘沢林檎

Ringo Amasawa

RB

レジーナ文庫

登場人物紹介
ジーク
カフェの調理担当で、元騎士団員。クールなイケメンで、リサにとっては公私ともに良きパートナー。
好きな食べ物：プリン
リサ(黒川《くろかわ》理沙《りさ》)
元OLで、カフェ・おむすびの店長。国立学院の料理科の講師でもある。日々、異世界の食文化向上に励む。
好きな食べ物：和食
バジル
植物を司る精霊。食いしん坊で、リサの作る料理が大好き。
好きな食べ物：卵焼き

カフェの店員たち
オリヴィア（接客担当）
好きな食べ物：肉じゃが
アラン（調理担当）
好きな食べ物：パンケーキ
ヘレナ（接客担当）
好きな食べ物：アイスクリー
アルベルト
騎士団の総団長。
リサに団員への調理指導を
依頼する。
好きな食べ物：コーヒー
ヴィルナ
騎士団員。何やらジークとは、
ただならぬ関係に
あるようで——？
好きな食べ物：モンブラン
ラインハルト
騎士団員。ジークの親友。
小柄で女顔だが、
仕事はできるらしい。
好きな食べ物：ミルフィーユ

目次

異世界でカフェを開店しました。6

プロローグ

フェリフォミア王国では例年にないほど暑い夏が、ようやく終わった。青々と茂っていた木々もだんだん秋の色合いに変わろうとしている。

爽《さわ》やかな風に揺れる街道沿いの木々を眺めながら、一人の若い女性が馬車に揺られていた。

彼女が乗っているのは、街から街へ長距離を移動する乗合《のりあい》馬車だ。

八人乗りの馬車には、彼女の他に幼い少女とその母親、そして一組の老夫婦が乗車しており、壮年の御者《ぎょしゃ》が二頭の馬を巧みに操《あやつ》っていた。

先程までおしゃべりしていた少女が眠りに落ちてからは、車内は穏やかな静寂に包まれ、馬の蹄《ひづめ》の音と車輪が回る音だけが聞こえている。

「皆さん、もうすぐ到着ですよ」

御者が眠っている少女を気遣い、声を抑えながら言った。

その声に促《うなが》されるように、女性は前方を見る。

すると、小高い丘の上にそびえ立つ王城が見えた。街道を行く馬車や人の数も増え、いよいよ街が近づいているという実感が湧いてくる。

馬車が徐々に速度を落とし、やがて停車した。

そこは王都の入り口にある停留所で、乗合馬車や貨物用の大型馬車が多く停まっていた。

「王都に到着しました。忘れ物にお気を付けて」

一足先に馬車から降りた御者が、客室のドアを開けて声をかけてきた。

ドアの近くに座っていた老夫婦がゆっくりと降りていくと、御者が彼らの荷物を下ろす手助けをする。

馬車が停まったことで自然と目が覚めたのか、少女が眠たそうに目をこすりながら周囲をキョロキョロと見回す。

その様子を、女性は微笑ましく見ていた。

道中で仲良くなった少女との別れは惜しい。だが、彼ら母娘《おやこ》にも、そして自分にも、向かうべき場所がある。

またね、というように少女に手を振ると、女性は大きなトランクを軽々と持ち上げ、馬車を降りた。

狭い客室から外へ出た解放感に、大きく伸びをする。そしてトランクを持ち直し、彼女は歩き出した。

「……帰ってきた」

数年ぶりに見る街並みは懐かしく、自然と呟《つぶや》きが漏れる。かつて苦楽を共にした仲間たちの顔が次々と思い浮かぶ。

彼らと会うのを楽しみにしながら、彼女は軽やかな足取りで王都の雑踏《ざっとう》の中へと歩き出した。

第一章　謎の美女が来店しました。

「ヘレナちゃん、温かいカフェオレ頂戴《ちょうだい》！」

店に入ってきた常連の男性客が、カウンターの中で作業をしている女性店員に言った。

オレンジ色のショートヘアが似合う女性店員――ヘレナは、突然の注文にも慌てることなく、男性客に笑顔を向ける。

「かしこまりました」

ここはフェリフォミア王国の王都に店を構える、カフェ・おむすび。

小さな店でありながら、見たこともないおいしい料理が食べられると評判である。

今日もランチタイムを過ぎているにもかかわらず、ほぼ満席だった。

ヘレナは店内の様子に気を配りつつ、カウンター内に設置してある簡易コンロで、水とミルクをそれぞれ加熱していく。

その間に、コーヒー豆の準備を始めた。

あらかじめ焙煎《ばいせん》してあるコーヒー豆を計量スプーンで掬《すく》い、手挽《てび》きのコーヒーミルに入れていく。

するとカウンターに座っている先程の男性客が、何やらそわそわし始めた。

そんな彼の様子をクスリと笑い、ヘレナはコーヒーミルを差し出す。

「どうぞ。ゆっくりお願いしますね」

「了解！」

男性客は子供のように嬉しそうな顔で返事をした。彼がコーヒーミルのハンドルを回したがるのは、いつものことだ。

コーヒーミルを受け取った男性客は、さっそく上部のハンドルを回し始めた。ゴリゴリという鈍い音と共に、香ばしいコーヒーの香りが広がっていく。

やがてハンドルを回しても音が鳴らなくなったところで、ヘレナは男性客からコーヒーミルを返してもらった。

そして、下部についている引き出しから粉砕《ふんさい》されたコーヒー豆を取り出し、用意していたドリップ用のネルフィルターに入れる。

そこへ万遍《まんべん》なくお湯をかけて蒸らしてから、再びお湯を注ぐ。カフェオレには濃い目のコーヒーが合うので、ゆっくり時間をかけてドリップしていく。

ドリップしたコーヒーをカップに移し、温めておいたミルクを注げば完成だ。

「お待たせしました、カフェオレです」

ヘレナがカフェオレの入ったカップを男性客の前に置いた。

「ありがとう。いや～、いつ見ても手際がいいね」

あっという間にカフェオレを作り終えたヘレナに、男性客は感心した顔で言う。

そんな彼に微笑むと、ヘレナは別の仕事に取り掛かった。

その頃、もう一人の女性店員がカウンターの端《はし》で仕事をしていた。テイクアウト用の小窓越しに、外にいる女性客とやり取りをしている。

「えーっと、メイチのタルトとチーズケーキ、あとプリンを二つで！」

小窓の下には店の外からも見えるガラスのショーケースがあり、女性客はそこに並べられたケーキを指さしながら注文していた。

「かしこまりました」

ミルクティー色の髪をした女性店員――オリヴィアは、おっとりした笑みを浮かべた。

そして、注文されたケーキをショーケースから丁寧に取り出していく。

それを紙製の箱に詰め終えると、女性客に中身を見せた。

「こちらでお間違いないですか？」

「はい！」

きちんと並べられたケーキを見て、女性客は嬉しそうに頷《うなず》いた。

オリヴィアは彼女から代金を受け取り、きちんと蓋《ふた》をした箱を渡す。

「ありがとうございました」

ケーキの入った箱を大事そうに抱えて、女性客は帰っていった。

その時、出来上がった料理を手に、厨房《ちゅうぼう》からもう一人の女性店員が出てくる。

長い黒髪を一つに結った女性店員は、パンケーキがのったお皿を持って、注文伝票に書かれた番号の席に向かった。

「お待たせいたしました、パンケーキでございます」

彼女がテーブルにお皿を置くと、二人組の若い女性客は、パッと表情を明るくした。

「わぁ！」

「おいしそう‼」

お皿にのっているのは、見るからにふわふわなパンケーキ。色とりどりのフルーツや、ホイップクリームがトッピングされている。

小さい容器に入ったジャムとシロップも添えられており、お好みで味を変えられるようになっていた。

二人はボリュームたっぷりのパンケーキをシェアするつもりらしく、既にテーブルには取り皿と二人分のカトラリーが準備されていた。

女性店員はテーブルの上に目を走らせ、足りないものがないか確認する。

「ごゆっくりお召し上がりください」

そう言って、彼女は踵《きびす》を返した。

「ねぇねぇ。今の人が、このお店の店長さんだよね？」

「そうみたいだよ！　話には聞いてたけど、若いんだね～」

他のテーブルから空いたお皿を回収している女性店員を見て、二人の女性客はひそひそと話す。

彼女たちが言う通り、黒髪の女性店員は、このカフェ・おむすびの店長だ。

リサ・クロカワ・クロードという珍しい名前の彼女は、この世界とは別の世界からやってきた。現在はカフェ・おむすびを経営する傍《かたわ》ら、フェリフォミア国立総合魔術学院の料理科で主任講師を務めている。

リサは空いたお皿を両手に持って、カウンターの中に入った。

「リサさん、すみません」

コーヒーを淹《い》れながら申し訳なさそうに言ったヘレナに、リサは笑顔を向ける。

「ううん、厨房《ちゅうぼう》の方は落ち着いてるから問題ないよ～」

すると、ヘレナはほっとした様子を見せた。

「このコーヒーをお客さんに出したら、他にオーダーは入っていないので、もうホールの方は大丈夫です」

「そう？　じゃあ私は厨房に戻るね」

リサはそう言って、カウンターの奥にある厨房へ向かった。

その時、カランカランとドアベルの音が鳴り、入り口のドアが開く。

「いらっしゃいませ」

リサは足を止め、手に持っていたお皿をひとまずカウンターの中に置いた。そして、入店してきた客を誘導しようと入り口へ向かう。

やってきたのは、一人の女性だった。

女性にしてはかなり背が高く、スラリとしていて、濃い紫色の髪を一つに結い上げている。

元の世界にいたファッションモデルのような女性に、リサは目を奪われた。

その女性は店内をキョロキョロと見回していたが、じっと見つめるリサの視線に気付いたのか、こちらに顔を向ける。

リサは目が合ったことにドキッとしつつも、笑みを浮かべて言った。

「お一人様ですか?」

女性は店内を見回していたので、誰かと待ち合わせしているのかもしれないが、リサは念のため人数を確認する。

「あー……待ち合わせ、ではないんですけど……」

女性は困った顔をして、歯切れ悪く答えた。

待ち合わせではないが、人を探している。そう言いたげな女性に、リサはどうしたものかと思いつつも、ひとまず席へ案内することにした。

「ではカウンター席に……」

「あの、ここでジーク・ブラウンっていう人が働いていると思うんですが」

リサの言葉にかぶせるように、女性は言った。

ジークは、調理を担当しているカフェ・おむすびの従業員だ。そして、リサと同じく学院の料理科で講師も務めている。

今日は授業があるため、カフェには出勤していない。

「申し訳ありません。生憎《あいにく》今日は出勤していないのですが……」

リサはそう答えながら、少し不安になる。

ジークはシルバーブロンドに青い瞳の青年で、整った顔立ちをしている。その上、元騎士団員ということもあり、体格もいい。

感情を顔に出すのが苦手らしくいつも無表情なのだが、それにもかかわらず、女性にすごくモテるのだ。

カフェにもジーク目当ての女性客がいるし、中にはどうにかジークにアプローチしようと、あの手この手で迫る肉食女子もいたりする。

カフェの店長としてだけではなく、リサ個人としても、そういう女性客には困っていた。

なぜなら、リサはジークと付き合っているのだ。

だが相手はお客さんということもあり、表情には出さないように気を付けながら、リサは女性の言葉を待った。

「そうですか。でも、ここで働いているというのは間違いないんですね」

彼女は少し残念そうにしていたが、納得した様子で頷《うなず》く。

「すみませんが、出直します。……あ、ご迷惑でなければ、ジークに『ヴィルナが戻ってきた』と伝えていただけますか？」

「えっ？　はい……」

思わぬ言葉に戸惑いつつも、リサは了承した。

女性は、サッと踵《きびす》を返してカフェを出て行く。ジークにどんな用があるのかと、聞く暇もなかった。

颯爽《さっそう》と立ち去ってしまった彼女の後ろ姿を、リサは呆然として見送ったのだった。

どうやら、あの女性はヴィルナという名前らしい。そして、ジークのことをファーストネームで呼ぶほど親しい関係のようだ。

もやもやした気持ちを抱えつつ、リサは閉店作業をしていた。

「リサさん、お先っす！」

今日の売り上げを帳簿に書き込んでいたリサは、その声に顔を上げる。

そこには、カフェの調理担当である、アラン・トレイルが立っていた。

鶯《うぐいす》色の天然パーマが特徴的な彼は、いつもニコニコしている。元は王宮の料理人見習いだったが、自ら希望してカフェ・おむすびに転職したのだ。

最初はかなり苦労していたものの、今ではすっかり一人前に成長したアラン。リサも安心して彼に厨房《ちゅうぼう》を任せている。

「アランくん、お疲れ様」

「はい。リサさんも、あまり遅くならないうちに帰ってくださいね」

そう言って、アランは厨房を出て行った。

その背を見送ると、リサは再び帳簿に目を落とす。

やがて記入を終えたリサは帳簿を閉じ、固まった体をほぐすように大きく伸びをした。

「ん〜」という気の抜けた声が、自然と口から漏れる。

「……お疲れ様、リサ」

そんな言葉と共に、クスクスという笑い声が聞こえて、リサはパッと後ろを振り向いた。

シンプルなシャツを着た銀髪の青年が、微笑みながらリサを見ている。

「ちょっ！　ジークってば、いつからいたの⁉」

リサは恥ずかしさに頬を染め、思わず大声を上げた。

彼こそがジーク・ブラウン。リサにとっては公私共にパートナーと言える男性だ。

「今来たばかりだよ。店の前を通りかかったら、厨房《ちゅうぼう》に明かりが点《つ》いてるのが見えたから、誰か残っているのかと思って立ち寄ったんだ」

どうやら、学院から帰る途中のようだ。

「だったら、入ってくる時に声をかけてよ！　びっくりした～」

「集中してたみたいだから、邪魔しちゃ悪いと思ってさ」

そう言ってジークはリサに近づき、調理台の上を覗き見る。

「帳簿をつけてたのか？」

「そう。出来る時にやっておかないと、と思ってね」

リサはカフェ・おむすびだけではなく、料理科の責任者でもある。そのため、毎日カフェと料理科を行き来する生活を送っていた。

自分がいない間はジークやヘレナに店を任せているものの、リサでなければ出来ないこともある。帳簿に関してもそうだ。つけるのは誰でも出来るが、最終的な数字の確認をしたり、毎月の売り上げをまとめたりするのは、リサにしか出来ない重要な仕事であった。

リサの言葉を聞きながら、ジークは帳簿に手を伸ばす。そして座っているリサの後ろから調理台に左手をつき、右手で帳簿をパラパラとめくり始めた。どうやら自分が店に出なかった日の売り上げを確認しているようだ。

気付けば、リサはジークの腕の中にすっぽりと囲われていた。

近すぎる距離にドキリとしつつも、その状態のままジークからの質問に答える。

そして今日の売り上げの話になった時、リサはハッと思い出した。

「そういえば、今日ジークを訪ねてきた人がいたよ」

「俺を？」

特に思い当たる人物がいなかったのか、ジークは首を傾げた。

「ヴィルナっていう、背の高い女の人……『ヴィルナが戻ってきた』って伝えてほしいって言ってたけど、知り合いなの？」

リサは腕の中に囲われたまま、ジークを見上げる。彼の顔が逆さまになって見えた。

「ヴィルナ……ああ、あいつか！　知り合いだ」

ジークは懐かしそうに目を細めると、「そうか、戻ってきたのか……」と呟《つぶや》く。

彼女がただのジークファンではないとわかったものの、ジークの嬉しそうな顔を見て、リサの胸にあのもやもやした気持ちが湧き上がる。

せっかくドキドキするシチュエーションなのに、なんだか台無しになってしまった気がして、リサはジークの腕からさっと抜け出した。

「もう遅いから、そろそろ帰らなきゃ」

リサが突然立ち上がったことに驚いた顔をしながらも、ジークは「そうだな」と返す。

「家まで送る」

「……ありがとう」

ジークの言葉にどうにか笑顔で返してから、リサは帰り支度を始めるのだった。

第二章　関係が気になります！

「あの人と、どういう関係なんだろう……」

リサは自室のベッドに寝転び、天井を見上げてため息を吐《つ》いた。

あの後、ジークに自宅まで送ってもらったが、ヴィルナとどういう関係なのかは結局聞けず仕舞いだった。

ジークは女友達を作るタイプではない。

リサの知る限り、ヘレナとオリヴィア、それとカフェの隣に立つサイラス魔術具店のアンジェリカぐらいしか、親しくしている女性はいないはずだ。

けれど、ヴィルナという名前を聞いて、ジークはとても嬉しそうにしていた。

怪しさは一切感じなかったものの、リサとしては複雑な気持ちになってしまう。

「マスター？　どうしたんですか？」

天井を見上げるリサの視界に、小さな人影が入り込んできた。

緑の服を着た、体長二十センチほどの女の子。

リサと契約している精霊のバジルだ。

バジルは植物を司《つかさど》る精霊で、リサをマスターと呼び、普段は彼女の肩にのったり近くを飛んでいたりする。

純粋な目でこちらを見つめるバジルに、リサは微笑みかけた。

「ちょっと、ヴィルナさんっていう人が気になっててね……」

「昼間、カフェに来た人ですね！」

「そう。ジークを訪ねてきたみたいなんだけど……」

呼び捨てにしているということは、かなり親しい間柄《あいだがら》なのだろう。

それならそれで構わないけれど、ジークからどういう関係なのかを説明してくれてもよさそうなものだ。だが、彼からそういう話は一切なかった。

そのことが、余計にリサの頭を悩ませている。

「背が高くて、スラッとしてて、凛《りん》とした美人だったなぁ……」

濃い紫色の髪を高い位置で結び、瞳は深い緑色。

日本人らしく凹凸《おうとつ》の少ない顔をしているリサとは違い、スッと鼻筋が通った彫りの深い顔立ちだった。

民族的な違いなのだから仕方ないとは思いつつも、リサは劣等感を覚えてしまう。

思考がどんどんネガティブな方へ傾いていくのに気付き、リサはぶんぶんと頭を振った。

「考えても仕方ない！　もう寝よう!!」

考えるのをやめたリサは、布団をバサッとかぶって丸くなる。

そんなリサの様子を、バジルは不思議そうに見つめていた。


――翌日。

この日もカフェの営業日だったが、リサは午後から料理科の授業があるため、途中で抜けることになっていた。

開店準備をした後、ランチタイムの最初のオーダー分だけを手伝うと、リサは料理科へ行く準備を始める。

「じゃあ、後はよろしくね」

厨房《ちゅうぼう》で忙しく働いているジークとアランに声をかけると、二人から快《こころよ》い返事がきた。

それに安堵したリサが厨房を出ようとしたところで、オリヴィアがやってくる。

「あの、ジークくんに、お客さんが来てるんだけど……」

「俺に客ですか？」

首を傾げたジークに、オリヴィアは答える。

「ヴィルナっていう女の人で……」

「ああ！　……アラン、悪いけど少し外してもいいか？」

ジークは納得した様子で大きく頷《うなず》き、アランに声をかけた。

「いいっすよ！」

アランは元気よく答えた。

今店内にいる客のオーダー分は、すべて作り終えている。新たな客が来てオーダーを受けるまでは、多少の時間があるだろう。

ジークは厨房をアランに任せ、ホールの方へ向かった。

そんなジークの行動を黙って見ていたリサだが、内心気になって仕方がない。

料理科に行かなければと思いつつ、こっそりホールを覗いた。

多くの客で賑《にぎ》わう中、ジークはカウンターの端《はし》でヴィルナと話していた。

内容までは聞こえないが、親しげに会話をしている二人の姿に、リサは戸惑いを隠せない。あまり口数の多くないジークが、珍しく積極的に話しているのがわかったからだ。

リサの胸に、ちくりと小さな棘《とげ》が刺さったような気がした。

自分が嫉妬《しっと》しているということに、リサはすぐに気が付く。昨日から続くもやもやも、嫉妬からくるものなのだろう。

「リサさん、時間大丈夫ですか？」

厨房《ちゅうぼう》とホールの間にいたリサに、ヘレナが声をかけてきた。

その声にハッとして、リサは時計を見る。料理科の授業時間が迫っていた。

「ああ、行かないと。あとのこと、よろしくね」

「はい。いってらっしゃい」

ジークとヴィルナの様子は気になるけれど、料理科に向かわなければならない。

今も楽しそうに会話をしている二人を横目に、リサはカフェ・おむすびを後にした。

第三章　もやもやは消えません。

それからというもの、ヴィルナは頻繁《ひんぱん》にカフェにやってくるようになった。

ずっとジークと話をしているわけではないが、彼の手が空いたり、近くを通りかかったりすると、ちょこちょこ話しかけている。

当然、リサが気にならないはずがない。

情報通のヘレナによれば、ヴィルナは騎士団に所属していて、ジークとは学院の騎士科時代からの付き合いらしい。

そのことについて、リサはさりげなくジークに聞いてみた。

「あれ？　言ってなかったか？」

彼はそう言ってきょとんとした後、ヴィルナのことを話しだした。

「ヴィルナとは学院時代の同級生で、ラインハルトを入れた三人チームで活動することが多かったんだ。騎士団に所属する前の研修先も一緒で、何かと縁があるんだよ」

ラインハルトというのはジークの騎士団時代の同期で、現在は分隊長として王都の警備をしている。

彼の担当する地区にカフェ・おむすびが立っていることもあり、リサも顔を合わせる機会が多く、何かと頼りにしていた。

ジークから、ラインハルト以外の同期の話はあまり聞いたことがない。だから、女の子もいたんだと、リサは今さらながら思った。

ラインハルトの部下にも女性がいるので、考えてみれば当然のことなのだが、リサの中で学院の騎士科は男子校のようなイメージがあるのだ。

フェリフォミア王国では性別に関係なく、どんな職業にも就《つ》ける。

けれど、性別による向き不向きがあったり、興味の違いがあったりするので、男女比が偏《かたよ》っている職業も中にはあった。

騎士も、そんな職業のうちの一つだ。

体力が必要な職業であるため、男性の方が圧倒的に多い。だが、女性の細やかさを求められる場面も多々あり、女性騎士も重宝《ちょうほう》されると聞いていた。

フェリフォミアの騎士団は、リサが元いた世界でいうところの警察と救急隊、さらに軍隊を足したような機関なのだ。

さらに王宮騎士団ともなれば、王族のＳＰみたいな仕事もしている。

　とにかく騎士団の仕事は多岐《たき》にわたるので、その分、女性が活躍する場面も多いのだろう。

「ヴィルナは地方の騎士団に配属されたから、それ以来会っていなかったんだが、先日配属替えがあって王都に異動してきたらしい」

　そんなジークの説明を、リサは複雑な思いと共に聞いていた。


「こんにちは」

　その日も、ランチの客が引いた頃、ヴィルナが入店してきた。

　ショーケースに並べるケーキを補充していたリサは、その声を聞いてドキリとする。

　空《から》のトレーを持ったまま立ち上がり、入り口を見ると、そこにはヴィルナの姿があった。

「本当に通ってるんだな、お前」

　その隣に、赤毛の小柄な青年――ラインハルトがいたので、リサは少し緊張を和《やわ》らげた。

　ヘレナが彼らをカウンター席に誘導する。

　リサは厨房《ちゅうぼう》に戻る際にカウンター席の横を通り、二人に一声かけた。

「いらっしゃいませ」

なんとなくヴィルナの顔を見ることが出来ず、ラインハルトだけに視線を向ける。

するとラインハルトが顔を上げ、ニコリと笑った。

「リサさん、こんにちは」

どうやら今日は二人とも休みらしく、私服を着ていた。

「ゆっくりしていってくださいね」

リサも笑みを浮かべてそう言い、厨房《ちゅうぼう》へ向かう。

ヴィルナの傍《そば》を通り過ぎる時、一瞬目が合った気がしたが、そのまま立ち去った。


厨房に入ってから、リサは自分の態度を少し後悔していた。

——感じ悪く思われちゃったかな……

視線が合った気がしたにもかかわらず、無視して立ち去ったため、ヴィルナに悪い印象を持たれてしまったかもしれない。

いくら彼女がジークと親しくて、気になる存在であるとはいえ、それはリサの個人的な感情だ。お客さんに対してあんな態度を取るべきではなかったと反省する。

声をかけた時も、彼女の顔を見ることが出来ずラインハルトだけを見ていたので、なおさら感じが悪いだろう。

リサは情けない気持ちになって、ため息を吐《つ》いた。

「どうしたんですか？　リサさん」

ため息が聞こえたのか、ジークが心配そうに尋ねてくる。仕事中なので敬語だ。

「……ううん、なんでもない。あ、ラインハルトくんとヴィルナさんが来てるよ？」

「あの二人、また来たのか」

「二人とも私服だったから、今日はお休みみたい」

「仕事の日だけでなく休みの日にも来るって、暇なのか？　あの二人は……。まあ、仕事中に来たらもっと問題だけど」

やれやれと肩を竦《すく》めるジークに、リサは苦笑を浮かべる。

言葉の端々《はしばし》から仲の良さが感じられ、リサは少し疎外感《そがいかん》を覚えた。ヴィルナが現れてからというもの、感情の振れ幅が大きくなった気がする。

「料理を出すついでに、一言挨拶《あいさつ》してきます」

そう言って、ジークはパンケーキがのったお皿を手に、厨房を出て行く。

その後ろ姿がホールに消えたのを見て、リサは再びため息を吐いた。

しばらくすると、店内が混んできたのか、厨房には料理のオーダーが立て続けに入った。

それに対応していたリサは、ジークがなかなか戻ってこないことに気付く。

サンドイッチをお皿に盛り付けると、そのお皿を持ってホールの様子を見に向かった。

「だからさ、あの時は俺じゃなくて、ジークのせいで失敗したんだって」

「そうだったか？」

「いや、ラインハルトも一緒だったじゃない！」

ラインハルト、ジーク、ヴィルナの三人は、思い出話に花を咲かせていた。騎士団時代の話をしているのか、実に楽しそうな雰囲気だ。

そんな空気に水を差したくないと思うリサだが、ジークはまだ仕事中なのだから、早く厨房《ちゅうぼう》に戻ってほしい。

その気持ちの中にはヴィルナに対する嫉妬《しっと》も少なからず含まれているが、厨房が忙しいので、やはり注意すべきだろう。

「あの、ジークくん」

思い切って声をかけると、三人の視線がリサに集まった。

「オーダーが入ってるから、そろそろ……」

リサが言葉を濁《にご》しつつも戻ってほしいことを伝えると、ジークはハッとした。

「すみません、戻ります」

申し訳なさそうに言うジークに、ヴィルナはニヤニヤした笑みを向けた。

「ジーク、怒られた～」

茶化す彼女に、すかさずラインハルトがツッコむ。

「ヴィルナ、お前なぁ……。ジーク、引き留めて悪かったな」

そう言って、ラインハルトはジークに肩を竦《すく》めてみせた。

「いや、俺もつい話し込んでしまった。ゆっくりしていってくれ」

ジークはカウンター席を離れ、空いた食器を持って厨房《ちゅうぼう》へ向かう。

その様子を見たリサは、せっかくの楽しい時間を邪魔してしまったのではないかと、後ろめたい気持ちに駆られる。

接客用の笑みを浮かべて二人に会釈《えしゃく》をすると、自分も厨房へ戻った。

第四章　見てしまいました。

フェリフォミア国立総合魔術学院は、この秋から新年度を迎えた。

去年新設された料理科も今年で二年目。一年生だった生徒たちは二年生になり、新入生が入ってきた。

それに伴《ともな》い講師の人員も増え、不慣れなことの連続で何かとバタバタしていたが、ひと月経ってようやく落ち着いてきた頃である。

明日は料理科が休みで、カフェの方も定休日。せっかくなのでジークとどこかに出かけようかと、リサは考えていた。

料理科からの帰り道、カフェに寄ったリサは、一人残っていたジークにそのことを話す。

「ねえ、明日って空いてる？　久しぶりにどこかへ行かない？」

リサの言葉に頷《うなず》きかけたジークは、何かを思い出したのか、「あ」と言って固まる。

そして、気まずそうな顔をした。

「あー、明日はちょっと予定が入ってて……悪い」

すまなそうに言うジークに、リサは笑って手を振る。

「ううん、私ももっと早く言っておくべきだったから、気にしないで」

せっかくの休日を一緒に過ごせないのは残念だが、予定があるなら仕方ない。せめてこのあと自宅まで送ってもらう間だけでも、ジークとの時間を楽しむことにした。


翌日。

リサはいつもより遅い時間に起床した。

予定がない休日は久々なので、起きる時間を気にせずたっぷり二度寝したのだ。

ぽっかりと空いてしまった時間をどう過ごそうかと悩む。

そしてブランチを食べてから、ふらっと街へ出かけることにした。

目的は特になかったが、あまり行ったことのないエリアのお店を見てみようかなと思い、カフェ・おむすびがある道具街とは反対側に足を運ぶ。

やがて辿り着いたのは、雑貨屋や文具店などが立ち並んでいる地区だ。ここも道具街と同じく、王都が出来たばかりの時からあるようで、老舗《しにせ》が多い。

リサはさっそく目についた書店に立ち寄ってみる。

ウィンドウには新刊らしき本が並び、宣伝のキャッチコピーが貼り出されていた。

歴史を感じさせる鈍色《にびいろ》のドアノブを押して店内に入ると、壁一面に本が並んでいた。

それは吹き抜けになった二階まで続いている。

狭い空間を目いっぱい使っているようで、ぎっしりと本が詰まった棚に圧倒された。

面白そうな本はないかと、リサは背表紙を眺めながら本棚の間を歩いていく。

「マスター」

耳元で精霊のバジルが囁《ささや》いた。

「どうしたの？」

リサが小さな声で聞き返すと、バジルは目をキラキラさせて本棚を指さす。

「これ！　この植物の本、お家にあるのとは違いますよ！」

今リサたちがいるのは専門書のコーナーらしく、事典や図鑑のような本ばかりが本棚に収まっている。

バジルが指さす本は、植物の本がまとめて並んでいる棚にあった。同じ列には、リサが所有しているのと同じ本も置かれている。

「本当だね。新しい図鑑かな？」

リサも興味を惹《ひ》かれたので、本棚から抜き出して開いてみる。その横から、バジルが興味津々《しんしん》な様子で覗き込んだ。

その本はリサが予想した通り、新しい植物の図鑑だった。描かれているのは、見たことのない植物が多い。

奥付を見てみると、知らない地名が書かれていた。

「外国の図鑑なのかな？」

フェリフォミアの王都に住み始めて数年が経ち、近隣地域の地名は大体覚えている。けれど、国中の地名を知っているわけではないので、リサは首を傾げた。

図鑑をパラパラとめくるリサの手元を見ていたバジルは、とあるページを指さした。

「この木はフェリフォミアには生えてないですね。一年を通して寒い地域でしか育ちません。他にもフェリフォミアではあまり見ない植物が多いので、もしかしたら違う国の本なのかもしれないです！」

楽しそうに図鑑を眺めるバジルの姿を、リサは微笑ましく思った。

そっと本を閉じると、バジルに笑顔を向ける。

「じゃあ、この本買って帰ろう」

「本当ですか⁉……あ、でもマスター……」

バジルは嬉しそうな表情から一転、顔を曇らせた。

彼女が心配しているのは、本の代金のことだろう。こちらの世界では、本は割と高価なのだ。ジャンルによってピンキリではあるが、リサが今手にしているような専門書は装丁もしっかりしているので、総じて高額だった。

「ちょうど持ち合わせもあるから大丈夫。それに、新作料理に使える植物が見つかるかもしれないしね。一緒に図鑑を見ながら、色々教えてくれたら嬉しいな」

リサがそう言って笑いかけると、バジルは顔を輝かせて「任せてください！」と自分の胸を叩いた。

気難しそうな店主に代金を払ったリサは、バジルを肩にのせて店の外へ出る。

そして、次はどこへ行こうかと考えた。

「バジルちゃん、どこか行きたいとこ……」

リサがバジルに意見を聞こうとした時、よく見知った人物が目に入る。

通りの少し先にいるのは、ジークだった。

誰かと一緒にいるようで、顔を横に向けて話している。その相手は人ごみに隠れて見えなかったが、二人が歩き出した時、その人物の顔が露《あら》わになった。

それは、なんとヴィルナだった。

「なんで……」

リサはショックを受け、呆然と立ち尽くす。

――ジークの予定っていうのは、ヴィルナさんとの約束だったの……？

笑顔のヴィルナが、ジークを肘で小突《こづ》いている。その様子からは、気安い仲であることが窺《うかが》い知れた。

スラリとしてスタイルのいいヴィルナは、背の高いジークと並んでも見劣りしない。

それどころか、すごくバランスが取れているように見えた。

――もしかして、学生時代に付き合ってたのかな……

ジークが女性と接するのがあまり得意ではないというのは、リサも知っている。しかし、ヴィルナに対してはそうではないみたいだ。

それを考えると、もしかしたらと思ってしまう。

何より、ジークは恋人であるリサとの時間より、ヴィルナとの約束を優先したのだ。

先約を守るのは当然だと思いつつも、リサは傷つく。

二人はそのままリサがいるのとは反対の方向へ歩いていき、やがて見えなくなった。

「……マスター？」

リサの肩にのっていたバジルが飛び立ち、立ちすくんでいる彼女の顔を心配そうに窺う。

リサはどうにか笑みを返したが、もう街を散策する気分にはなれない。

本の入った紙袋を抱えて帰路に着くのだった。

第五章　振り向かせるにはアピールが必要です。

リサは自室のテーブルの前に座り、ハァとため息をこぼした。

テーブルの上に広げている図鑑の内容は、全くと言っていいほど頭に入ってこない。

先程見た光景が頭に焼き付いて、なかなか消えなかった。そのせいで、どんどん悪い想像ばかりが膨《ふく》らんでいく。

かつてジークとヴィルナは付き合っていたのだろうか。

そうだとしても別に構わない。もやもやしてしまうことに変わりはないけれど、昔のことだと思えば納得できる。

しかし、いわゆる「元サヤ」に戻ったのだとしたら……

もしそうならば、ジークは浮気をしていることになるので、ヴィルナと会うことをリサに言わなかったのも頷《うなず》ける。

もちろんすべてはリサの想像に過ぎないが、突然ジークと親しい女の子が現れれば、多少なりとも疑ってしまうのは仕方ないだろう。

醜《みにく》い嫉妬《しっと》はしたくないけれど、嫌な想像を止めることも出来ない。

キラキラした目で図鑑を眺めていたバジルは、主《あるじ》の憂鬱《ゆううつ》そうなため息を聞いて顔を上げた。

「マスター、元気ないですね……」

気遣わしげな視線を向けてくるバジルに、リサは苦笑した。

「うん……色々考えちゃって」

「色々、ですか？」

「ジークのことが好きなのに疑っちゃったり、他の女の子に嫉妬しちゃったりね……」

「好き、疑う……」

不思議そうに呟《つぶや》き、バジルは首を傾げた。

ややあって、まっすぐな目でリサを見上げる。

「バジルはマスターが好きで、信じていますよ？　マスターは違うのですか？」

子供のように純粋なバジルに、リサは微笑む。

「私もバジルちゃんのことは好きだし、信頼もしてるよ。もちろんジークもそうだけど……そうじゃないところもある……というか、私が勝手に不安になってるだけなのかも」

「では、ジークさんに不安なんです～って言ってみたらどうですか？」

「そうねぇ、それが出来たらいいんだけど……」

バジルのアドバイスに、リサは苦笑する。

ヴィルナは元カノなのかとジークに聞くのは難しい。まして浮気してるのかなんて、ますます聞き辛い。

なおも首を傾げているバジルに、今度はリサが聞いてみた。

「バジルちゃんは、もし好きな人に、自分よりも好きな人が出来たらどうする？」

バジルは腕を組んで、うーんと考え始める。

やがて、パッと顔を上げ、リサに視線を向けた。

「バジルなら、好きな人に自分のいいところをアピールします！　好きな人の好きな人よりも、バジルの方を好きになってもらえるように頑張るのです!!」

大きく両手を広げて、自分の存在を目立たせるようなジェスチャーをするバジル。

その様子がなんとも可愛らしくて、リサはクスリと笑った。

「アピールねぇ……」

自分の誇れるところはどこだろうかと、リサは考えてみる。

真っ先に頭に浮かんだのは、やはり料理だった。

ふと、ジークがカフェで働かせてほしいと言ってきた時のことを思い出す。

ジークは、「あなたの作るお菓子が好きなんだ」とリサに言った。

その頃は、まさか付き合うことになるとは思いもしなかったが、まるで愛の告白をするかのように言ったジークに、リサはドキドキしてしまったのだ。

「うん、私にはやっぱりこれしかないね」

リサは深く頷《うなず》き、決意を胸に立ち上がった。


翌日。

リサはいつもより早起きをしてカフェ・おむすびに出勤した。

誰もいない店内に入り、二階でカフェの制服に着替えて厨房《ちゅうぼう》へ向かう。

厨房に入ってまず最初にすることは、手を洗うことだ。爪ブラシを使って、爪の中まで丁寧に洗っていく。

それが終わると、リサは厨房の奥にある倉庫へ向かった。その四畳半ほどの空間には、常温で保存できる食材が置かれている。

リサはその中から目当ての食材を探し、これから行う試作に必要な分を取ると、厨房に戻った。

調理台の上に、倉庫から取ってきた食材をゴロゴロと並べる。

ブブロンという栗に似た木の実。

かぼちゃに似たプルエ。

サツマイモに似たナナット芋。

どれも秋の味覚の代表格ともいえる食材だ。リサはこれらを使って、モンブランを作ろうと考えていた。

カフェ・おむすびのメニューの中に、モンブランは既にある。

定番であるブブロンを使ったものや、少し珍しいピンク色の芋を使ったものなどが、日替わりでショーケースに並ぶ。

しかし、旬の食材を使ったメニューなので、この機会に焦点を当ててみるのもいいかもしれないと思ったのだ。

「メレンゲ生地とタルト生地、パイ生地……あと基本のスポンジか」

リサは、土台となる生地から見直そうと考えていた。

今まで店頭に並んでいたモンブランの土台はスポンジケーキだ。他のケーキもスポンジを使っているので、作る時の効率を考えてそうしていたのだが、思い切って土台から変えてみたいと思っている。

まずは卵を割り、卵白と卵黄に分ける。そして卵白だけをボウルに入れ、魔術具のミキサーにセットした。これでメレンゲを作るのだ。

ミキサーでメレンゲを作っている間に、他の作業に移る。

タルト生地とパイ生地は、材料がほとんど一緒だ。小麦粉、バター、水、砂糖、それに塩を少々。タルト生地の場合はさらに卵黄が加わり、その分だけ水を減らす。

まずはタルト生地を作ることにした。

ボウルに小麦粉、砂糖、そして塩をひとつまみ入れ、そこに一センチ角に切ったバターを加えて、手で混ぜる。混ぜるというより、バターと粉類を指ですり合わせていくという感じだ。

ぼそぼその状態になったところで卵黄と水を加え、生地をまとめていく。

ひとまとまりになったら、濡らして固く絞った布巾をボウルにかぶせ、冷蔵庫でしばらく寝かせる。

次は、パイ生地作りだ。

工程はタルト生地とほぼ一緒。ボウルの中で、バターと粉類を指ですり合わせていく。

ただしパイ生地の場合は、バターの粒が半分くらい残る程度で止めておくのがポイントだ。

その状態で水を加えてざっくりと混ぜたら、ひとかたまりにまとめて、タルト生地と同じように濡れ布巾をかけて冷蔵庫に入れる。

続いてメレンゲ生地を作る。

ミキサーにかけていた卵白はしっかりと泡立てられ、ふわふわしたホイップ状になっていた。

そこに砂糖を加え、さらに角が立つくらいまで泡立てる。

そうして出来上がったメレンゲに、ナッツを粉末状にしたものと粉糖《ふんとう》を数回に分けて加え、泡を潰さないようにヘラでざっくりと混ぜ合わせた。

そこまで出来たら、丸い口金をセットした絞り袋に詰め、オーブンの天板に絞っていく。時計回りにくるりと絞り、直径五センチくらいの渦巻《うずま》き状の円にするのだ。

それをあらかじめ熱しておいたオーブンに入れ、焼き上げていく。

リサがメレンゲ生地をオーブンに入れ、タイマーをセットしたところで、入り口の方から物音が聞こえた。

ややあって、ヘレナが厨房《ちゅうぼう》に顔を覗かせた。

「おはようございます、リサさん。早いですね」

「おはよう、ヘレナ。ちょっと作りたいものがあって」

「そうなんですか。今回も楽しみにしてますね」

そう言って、ヘレナは着替えのために二階へ向かった。

その後ろ姿を見送ると、リサは作業を再開する。

まずは、寝かせておいたパイ生地を冷蔵庫から取り出す。

調理台に打ち粉をして、その上に生地をのせ、めん棒で伸ばしていく。

一センチほどの厚さの長方形に伸ばしたら、生地を三つ折りにする。折り重ねることで層が出来、焼き上がった時にサクサクとした食感が出せるのだ。

その生地の向きを変え、また伸ばし、三つ折りにして……という作業をさらに五回ほど繰り返す。

すると初めは凹凸《おうとつ》があり、ぼそぼそしていた生地が、滑《なめ》らかになる。

最後に五ミリほどの厚さに伸ばし、それをパイ型に敷いていく。縁《ふち》が傾斜状になった、直径六センチの浅いパイ型だ。

パイ生地を型に敷いたら、フォークで万遍《まんべん》なく穴を空けていく。これは空気穴となり、焼いた時歪《いびつ》に膨《ふく》らむのを防いでくれる。

そこまで出来たら、メレンゲ生地を焼いているのとは別のオーブンに入れ、焼いていく。

ちょうどメレンゲ生地の方は焼き上がったようなので、焼き上がりを確認して、オーブンから取り出した。

うっすら焼き色のついたメレンゲ生地からは、甘く香ばしい匂いが漂《ただよ》ってくる。それをケーキクーラーにのせて、しっかりと粗熱《あらねつ》を取っておく。

次に、タルト生地を冷蔵庫から取り出す。

こちらはパイ生地とは違って折りたたむことはせず、そのまま薄く伸ばして型に敷いた。タルトの型もパイ型と同じく直径六センチの大きさだが、縁がひだ状になっている。

パイ生地と同様、フォークで穴を空けてから、オーブンに入れた。

「おはようございます！　お、何作ってるんですか？」

「おはよう、アランくん。ちょっと新作……っていうほどでもないけど、試作中なの」

朝から元気いっぱいに出勤してきたアランに、リサは小さく笑った。

アランはケーキクーラーの上で冷ましているメレンゲ生地や、オーブンの中を、興味深そうに眺めている。

「たぶん、賄《まかな》いの時間には間に合うと思うから、期待してて」

リサの言葉を聞いて、アランはウキウキした様子で仕事を始める。今にも鼻歌を歌いだしそうなので、リサはますます笑みを深めた。

アランが開店準備を始めたのを横目に見ながら、リサはモンブランの要《かなめ》であるクリーム作りに入る。

栗に似たブブロンは普段からモンブランに使っているため、甘露煮《かんろに》を作り置きしてある。今日もそれを使うことにした。

まずは甘露煮のブブロンを小さく刻んで鍋に入れ、生クリームと一緒にコンロで加熱する。沸々《ふつふつ》と泡が立ってきたら、木べらで潰すようにかき混ぜながら、水分を飛ばしていく。

ブブロンが柔らかくなりドロッとしてきたら、火を止めて鍋の中身をブレンダーに入れる。香りづけに蒸留酒《じょうりゅうしゅ》を少しだけ加え、ブレンダーでさらに撹拌《かくはん》するのだ。

そしてペースト状になったものを、目の細かいザルで裏ごしする。

ここでしっかり裏ごししておかないと、絞った時に口金に詰まってしまうことがあるので、塊《かたまり》が残らないよう丁寧に作業をする。

これでブブロンのクリームの出来上がりだ。

かぼちゃに似たプルエ、サツマイモに似たナナット芋は、洗ってから適度な大きさに切って蒸しておく。

蒸して柔らかくなったら皮をむき、ブブロンと同じように生クリームと一緒に煮ていく。

木べらで潰しながら加熱し、水分が少なくなったら、蒸留酒を加えてブレンダーでペースト状にする。

最後に裏ごしすれば完成だ。

集中して作業をしていたリサがふと横を見ると、いつの間にかアランとジークがクリームを作るリサの様子を見ていた。

「わっ！　ジークくんも来てたんだね、おはよう」

リサが慌てて挨拶《あいさつ》すると、ジークは呆れたように肩を竦《すく》めた。

「おはようございます。だいぶ前に来てましたよ」

ジークの顔を見た途端、リサの頭に、昨日の出来事が浮かんでくる。

少し気まずく思っていると、それが顔に出てしまったのか、ジークが心配そうな顔でリサを見つめた。

リサは笑顔を取り繕《つくろ》ってから口を開く。

「今、新しいモンブランを作ってるんだ。賄《まかな》いの時、みんなに試食してもらおうと思って」

そう言って、作業を再開する。

するとジークも笑みを浮かべ、「楽しみにしてます」と言って、自分の仕事を始めるのだった。

第六章　秋の味覚はおいしいです。

カフェ・おむすびの二階は、かつてこの建物を使っていたお店の主人が生活していた場所だ。

そして今現在は、カフェのメンバーが休憩を取ったり着替えをしたりするためのスペースになっている。

ダイニングにはテーブルセットが置かれていて、開店前にここで賄《まかな》いを食べるのが習慣となっていた。

今日の賄いは、アランが作った海鮮のパスタとサラダ。メンバー全員でそれを食べると、次はリサが作ったケーキの試食に移った。

ダイニングテーブルに並んでいるのは、数種類のモンブランだ。

クリームの色はどれも黄色だが、微妙に濃淡が違う。種類ごとに刻んだナッツやブブロンの甘露煮《かんろに》をのせてあるので、見分けがつくようになっていた。

「土台をメレンゲ、タルト、パイの三種類、クリームをブブロン、プルエ、ナナナット芋の三種類で作ってみました。食感や味のバランスを見て組み合わせを決めたいので、どんどん意見を言ってください」

リサが作ったモンブランは、計九種類。各三種類の生地とクリームをそれぞれ組み合わせたのだ。

一人一個ずつ試食するとなると量が多すぎるので、一口分ずつフォークで切り分け、試食してもらうことにした。

ヘレナは、自分が試食する分をフォークで取り分けながら、リサの様子を見ていた。

リサが突然、新作料理を考えることは、今に始まったことではない。だが、今回は何か意図があるのでないかとヘレナは推測していた。

特に理由はないが、女の勘とでもいえばいいのだろうか。

最近カフェにやってくるようになったヴィルナのことが、ヘレナは引っかかっていた。

ヘレナは接客担当という立場上、お客さんと話をすることが多い。ヴィルナは基本的に一人で来店することもあり、カウンター越しによく世間話をしていた。

彼女はジークと学生時代からの知り合いらしいので、ジークという共通の話題があって、ヘレナとしても話しやすい。

けれど、リサとはあまり話をしている様子がなかった。

もちろん挨拶《あいさつ》を交わしたり、オーダーを聞いたりと、必要最低限は言葉を交わしているのだが、他の客に比べると明らかに少ない。

おそらく避けているのはリサの方だと、ヘレナは思っていた。

リサは誰とでも気さくに話す。あまり店員と話をしたがらない客もいるので、そういう場合は空気を読んでそっとしておくが、そうでない場合はリサから世間話をふることが多いのだ。

そんなリサが、ヴィルナとは距離を置いている。ヘレナの予想では、ジークのことでわだかまりがあるのだと思う。

リサのいる前で、ジークがヴィルナと仲良さそうに話していることがたびたびある。再会した旧友と親交を深めるのは大いに結構だが、それを恋人であるリサが快《こころよ》く思わないのも当然だろう。

そんなことを考えながら、ヘレナは誰にも気付かれないようにハァと息を吐いた。

適度な嫉妬《しっと》は、恋愛のスパイスになると思う。ヘレナも人並みに恋愛をしてきているので、それはわかる。だが、リサがヴィルナとジークの仲に嫉妬しているとしたら、その辛さも同じ女としてよくわかった。

しかもリサがここに来て、いきなり新作のモンブランを作った。何やらいつも以上に仕事に燃えているリサを見ると、どういう心境の変化なのかと、なんだか心配になってくる。

ともかく、今は余計な口を出すタイミングではないし、リサもジークも自分より大人なのだ。だから黙って二人のことを見守ろうと思いながら、ヘレナは新作のモンブランを頬張《ほおば》るのだった。

「うん、この三種類でいこう！」

試食から二日後。閉店後の厨房《ちゅうぼう》で最後の試作を終えたリサは、自信をもって頷《うなず》いた。

カフェのメンバーからの意見も取り入れて、モンブランの生地とクリームの組み合わせを決めた。

タルト生地に、水気の多いプルエのクリームをのせたモンブラン。パイ生地に、あっさりしたナナット芋のクリームをのせたモンブラン。メレンゲ生地に、ブブロンの渋皮煮で作ったクリームをのせた、少しビターな風味のモンブラン。

これに元々販売していたモンブラン――スポンジケーキにブブロンのクリームをのせたもの――を加えた四種類を販売することにしたのである。

今日の試作には、ジークも付き合ってくれていた。

「この四種類を販売するのか」

調理台に並べられているモンブランを見て、ジークが呟《つぶや》いた。

今まで同じケーキを数種類同時に販売することはなかったため、どうなるのか想像がつかないのだろう。

「ねえ、食べ比べしてみない？」

リサがそう提案すると、ジークは頷《うなず》いた。そして二人分のフォークを用意してくれる。

それぞれ好きなものを選び、フォークで切り分けて口に運ぶ。

ジークが選んだのは、メレンゲ生地にブブロンの渋皮煮で作ったクリームをのせたものだ。

リサはタルト生地にプルエのクリームをのせたモンブランを味わいつつ、ジークの顔を窺《うかが》う。

「どう？　おいしい？」

ジークはコクリと頷くと、表情を緩《ゆる》ませた。

「うん、おいしい。甘いメレンゲ生地とコクのある渋皮煮のクリームの組み合わせが、すごく合ってると思う」

「本当!?　私もそう思って、この組み合わせにしたんだ！」

ジークから賛同を得られたことが嬉しくて、リサはパアッと表情を明るくした。

「どのモンブランもおいしいが、俺はこのモンブランが一番好きだな」

そう言いながらもう一口頬張《ほおば》るジークに、リサはニコニコと笑う。

ジークはそれに微笑み返した後、ハッとして笑みを消す。

「もうこんな時間だ。そろそろ帰らないと。急いで片づけを始めよう」

ジークの言う通り、かなり遅い時間になってしまっている。けれど、せっかくいい雰囲気だっただけに、リサは少しがっかりした。

自分のいいところをアピールするという目的が果たせたかといえば、それも微妙だった。


そしてリサの頑張りは、思わぬ結果を生んでしまうことになる。

ジークとの試食から二日後。

カフェでは四種類のモンブランを、モンブランフェアと銘打って大々的に売り出したのだが――

「このクリーム、すごくおいしい！　何個でも食べられそう!!」

新作のモンブランに感激の声を上げているのは、なんとヴィルナだった。

フェアは客に好評だったが、一番気に入ってくれたのは、今や常連となりつつあるヴィルナだったのである。

この結果に、リサは苦笑するしかなかった。

もちろん、自分の作ったものをおいしいと言って食べてくれるのは嬉しい。しかし、ヴィルナが相手となると複雑な思いがあり、素直に喜べない。

リサは上手くいかないものだなと、ため息をこぼした。

第七章　おかしいことに気付きます。

最近、リサの様子が少しおかしいことに、ジークは気付いた。

いつからかはわからない。しかしここ数日、リサがジークを見て顔を曇らせたり、取り繕《つくろ》ったような笑顔を見せることが多くなったのだ。また、ジークに何か聞こうとして結局やめることも、しばしばある。

その理由がわからず、ジークはリサのことを注意深く観察するようになった。だが、まだその理由はわかっていない。

いつもと違うリサのことが、どうも気掛かりだった。

ハァ、とついつい出てしまったため息。それを、近くの席に座っていたヴィルナに聞かれてしまったらしい。

「なになに？　なんか悩み事でもあるの？」

その声の方を振り向くと、ヴィルナが面白そうに目を細めてジークを見ていた。

「……あっても、お前には相談しない」

女性でありながら、さばさばした性格のヴィルナは、ジークにとっては女友達というより男友達に近い存在だ。だからこそ、今も変わらず親交があると思っている。

王都へ異動してきてからというもの、彼女はほぼ毎日カフェ・おむすびに通っている。

売り上げに貢献してくれるのは助かるし、騎士団を辞めて料理人になった自分を認めてもらえたようで嬉しく思う。

しかし一方で、騎士団にいた時とは全く違う仕事ぶりを見られることに、妙な気恥ずかしさも感じていた。

そんなジークの気も知らず、ヴィルナは最近始まったモンブランフェアに、すっかり心を奪われている様子だ。

今日も、既に二つのモンブランを完食している。

ジークは空《から》になった皿に目をやり、呆れ顔で口を開いた。

「そんなにケーキばっかり食べてたら太るぞ」

「なっ!! 失礼ね！ その分、勤務中に動くから大丈夫ですよーだ!!」

ムッとして言い返すヴィルナに、はいはいとおざなりに返事をしたジークは、空いたお皿を持って厨房《ちゅうぼう》へ戻る。

すると、たまたま厨房の入り口にいたリサとぶつかりそうになった。

「あ……」

ジークからパッと目を逸らしたリサは、回れ右をして厨房へ戻っていく。

てっきりホールに出ようとしていたのだとばかり思っていたジークは、そんなリサの姿に首を傾げた。

そして、ふと思った。

もしかしたらリサは、自分とヴィルナの様子を見ていたのではないかと。

では、なぜリサはあんなによそよそしく目を逸らしたのか。

ジークは仕事をしながら、その理由を考え始めた。

リサが、ジークとヴィルナが会話しているところを見ていたと仮定する。その後に目を逸らしたということは、リサは自分たちに対して、何かしら後ろめたい感情を持っていたと思われる。

ジークがヴィルナと話しているのを見て、リサが感じることといえば……

「……あ」

ジークは、あることに思い至った。

それは、リサがヴィルナに嫉妬《しっと》しているのではないかということだ。

その可能性が思い浮かんだ途端、ジークの心に、じわじわと喜びが広がる。

リサが嫉妬しているということは、逆に考えると、それだけ自分のことを想ってくれているということだ。

才能あふれるリサには、これまで色々な男が近づいてきた。

フェリフォミア王国のエドガー王太子。

王宮の副料理長だったキース。

隣国のマスグレイブ公爵。

いずれもジークより年上で、クセはあるものの魅力的な男たちだった。

そんな中、リサが自分を選んでくれたことは嬉しい。しかし一方で、好きなのは自分だけで、リサの方はそれほどでもないのではという思いもあった。

もちろん、どちらがより相手を好きかなんてことは、計れるものではない。

しかし、これまではリサに近づく男にジークが嫉妬《しっと》するという状況が多かっただけに、どうしてもそう思ってしまっていた。

その分、ジークは嫉妬する側の気持ちがよくわかる。

リサと付き合っているのは自分だという自信はあるが、リサをもっと独占したくてたまらない。他の男と話してほしくない。

リサを信じていないわけではないのだが、どうしても嫉妬する気持ちは抑えられないのだ。

それを今、リサも感じているとしたら……

思えば、リサの様子がおかしくなり始めたのは、ヴィルナが王都にやってきた頃ではなかっただろうか？

パズルのピースが嵌《は》まっていくように、どんどんつじつまが合っていく。

複雑な気持ちを抱えているであろうリサにすまないと思いつつも、ジークの頬は自然と緩《ゆる》んだ。

第八章　避けられている理由はなんでしょう？

「なんか私、嫌われてるのかなぁ？」

ヴィルナは、独り言にしては大きな声で呟《つぶや》いた。

それは意図したわけではなく、心の中で思っていたことが口に出てしまったのだ。

あ、と思った時には、時既に遅し。一緒に街を巡回しているラインハルトの耳に入ってしまったようで、彼から訝《いぶか》しげな目を向けられる。

「は？　誰に？」

聞かれていたのなら仕方ないと思い、ヴィルナは苦笑しつつ打ち明けた。

「えっと、カフェ・おむすびの店長さんにね」

「リサさんか？　むやみに人を嫌うような人じゃないと思うけど……もしかして、お前何か失礼なことでもしたんじゃねぇ？」

「え!?　そんなことはしてない、はず……」

ラインハルトに指摘されて、ヴィルナは今までの自分の行いを振り返る。

初めてカフェに行ったのは、ラインハルトからジークが騎士団を辞めて、今は料理人になったと聞かされた日だ。

ジークとは学生時代からの付き合いだが、ヴィルナが地方に配属されて以来、まったく連絡を取っていなかった。

仲は良かったけれど、いちいち手紙をやり取りして近況を報告し合うほど、べったりした関係ではない。

てっきり自分と同じように騎士団で頑張っているとばかり思っていたジークが、まさかとっくに辞めていて、しかも全く畑違いの仕事についているとは思いもしなかった。

ジークが勤めているカフェ・おむすびは、今や王国中で知らない人がいないほどの有名店。地方にいたヴィルナの耳にさえ、その名は届いていた。

さらにジークは、昨年学院に新設された料理科で講師まで務めているというではないか。

料理の世界のことは、ヴィルナはよく知らない。だが、ラインハルトから聞く限り上手くやっているようだった。

せっかく王都に戻ってきたことだし、カフェ・おむすびにも行ってみたい。そのついでに、旧友に会いたいと思ったのだ。

だが、カフェ・おむすびを初めて訪ねた時、ジークは不在だった。ちょうど混雑している時間帯だったらしく、席が空くまで時間がかかりそうだったので、カウンターにいた女性店員に伝言を頼んで帰ったのだった。

その女性が、まさかカフェの店長兼オーナーのリサであるとは思いもしなかった。しかも、てっきり同い歳くらいかと思いきや、自分より四歳も年上だなんて……

ヴィルナは、リサに興味を持った。

それだけではなく、カフェ・おむすび自体にも大きな関心を持ったのだ。

さすが有名店だけあって、店内に入った途端、香ってくる匂いからして他の店とは違っていた。ちょうどお昼時で、客のほとんどが昼食をとっていたが、お皿の上には見たこともない料理が並んでいたのだ。

サラダやスープなどはさすがに見たことがあるけれど、紐状の何かをフォークに巻きつけて食べる不思議な料理は初めて目にした。

後《のち》にそれがパスタという麺《めん》料理だと知り、実際に食べてみたヴェルナは、そのおいしさに驚いたのである。

また、カフェ・おむすびでは、王宮御用達《おうきゅうごようたし》で有名なチェスターパン店からパンを仕入れているという。

チェスターパン店は老舗《しにせ》のパン屋で、ヴィルナが学生だった頃も既に有名ではあった。だが、王宮御用達《おうきゅうごようたし》という評判ばかりが通っていて、庶民が気軽に入れるお店ではなかったのである。

しかし、現在は相変わらず王宮御用達という看板を掲《かか》げながらも、王都の市民が気軽に通える人気店になっていた。

それも、リサが新しいパンの作り方を考え、その方法をチェスターパン店の職人に伝授して以来だというのだから、これまたすごい。

さらに驚くべきは、カフェ・おむすびの料理のレシピは、一般の人でも購入できるということだ。そのレシピは、フェリフォミアでは一、二を争う大商会である、アシュリー商会から販売されている。

それだけでなく、レシピの材料や便利な調理器具なども販売されていて、プロの料理人から家庭の主婦まで多くの人が、カフェ・おむすびの恩恵にあずかっているらしい。

自分が地方に行っているたった数年の間に、ここまで劇的な変化があったのかと、ヴィルナは驚愕《きょうがく》した。

「あ、そうだ」

王都の変容に思いを馳《は》せていたヴィルナの横で、ラインハルトが何か思いついたように声を上げる。

「どうしたの？」

「お前、あの二人が付き合ってるって知ってたっけ？」

ラインハルトの言葉に、ヴィルナは目を瞬《しばた》かせる。

「あの二人って……？」

「ジークとリサさんだよ」

さらっと言われたヴィルナは口をぽかんと開け、そしてすぐさま大声を上げた。

「えー!!　ジークが!?　あの面倒くさがりな鉄仮面が!?」

「……お前から見たジークの印象がよくわかったよ……」

あまりの言い草に、ラインハルトは呆れ顔で呟《つぶや》いた。

ヴィルナは顔の前で大きく右手を振る。

「いやいや、あいつってそんなもんでしょ!!　確かに顔はいいし、ガタイもいいし、仕事は要領よくこなすけどさ。でも無表情だし、要領がいいのだって、単に面倒くさがりで無駄なことをしたくないだけだから！」

「まあ、確かにそうだなぁ」

ラインハルトは納得した様子で同意した。

ヴィルナは、ふと数日前のことを思い出す。

その日、ひったくりにあった女性を自宅まで送り届けたヴィルナは、騎士団の詰所に戻る途中でジークを見かけたのだ。

ジークの方は休日だったらしく、カフェ・おむすびの制服ではなく私服を着ていた。

一軒の店から出てきた彼は、何かを大事そうに抱えていた。

おや？　と思ったヴィルナは、後ろからジークに声をかけたのである。すると、あの無表情男にしては珍しく焦ったような表情を浮かべていた。

「はは～ん、あの時のアレは、リサさんにねぇ……」

ヴィルナがニヤニヤしながら呟《つぶや》くと、ラインハルトは首を傾げる。

「あの時のアレ？」

「いや、こっちの話」

ヴィルナはラインハルトの質問に答えようとして、やめた。なぜなら、ジークにこれでもかというほど口止めされたからだ。

ジークの気持ちはわかるし、ここで貸しを作っておくのも悪くないと、一人心の中でほくそ笑む。

ラインハルトはニヤニヤするヴィルナを見て、どうせくだらないことを考えてるんだろうと思ったのか、それ以上突っ込んで聞いてくることはなかった。

そこでヴィルナはハッとする。

「あれ？　ってことは私、リサさんにジークとの仲を疑われて嫉妬《しっと》されてたり、しなくもない……？」

「あー、あり得るかもなぁ。ああ見えて、リサさん思い込んだら一直線ってところがあるし……」

完全に他人事だと思っているらしく、ラインハルトはのんきに返した。

「……マジか」

ヴィルナは頭を抱えた。

思い浮かんだのは、学生時代の苦い思い出である。

学院の騎士科に入学したヴィルナは、実習の組が一緒になったジークとラインハルトと意気投合し、その後も行動を共にすることが多かった。

他国からの留学生であるヴィルナは、王都出身の生徒と違って、旧知の友達がいなかった。その上、男兄弟が多くて自身も男っぽいため、女子といるより男子といる方が楽だったのである。

しかし、そんなヴィルナには、女子のやっかみが集中した。

何しろ入学当初から、ジークのルックスはかなり目立っていたのだ。

十三歳のジークは今ほど背が高くはなく、体格もまだ華奢《きゃしゃ》だった。しかし、整った顔に神秘的な青い瞳と、銀糸のような髪。無表情ではあったが、それが同年代の女子の目には、大人っぽく映っていたようだ。

さらに、ジークは授業の成績も抜群によかった。

今ほどの身長でなかったとはいえ、同年代の平均よりも大きかったジーク。その長身を自在に操《あやつ》る姿は人目を引いた。それにいつでも冷静に策を立てて行動するから、結果は自然とついてくるというものだ。

ちなみに、騎士科の生徒は四割が女子である。さらに付け加えておくと、魔術師科は女子が五割、魔術具科は四割、一般教養科は七割だ。毎年多少の違いはあれど、大体このくらいの割合に落ち着くらしい。

話が少し逸れたが、その騎士科の四割を占める女子のほぼ全員から、ヴィルナは共通の敵扱いされたのである。

もちろん中にはジークに興味がない女子もいたが、だからといってヴィルナの味方になってくれるわけではない。せいぜい中立の立場を取るくらいのものだ。

ジークファンの女子たちを嫉妬《しっと》に駆り立てた原因は、ジーク自身にもある。

その頃のジークは色恋に全く興味がなく、むしろ周囲でキャーキャー騒ぐ女子たちを煩《わずら》わしいと思っていたようだ。

ヴィルナ以外の女子とは必要最低限のことしか話さず、女子の方から話しかけられても、そっけない態度を取っていたのである。

その対応は徹底していた。ヴィルナとだけは普通に会話してくれるのが、不思議に思えるほどだった。

ヴィルナがそのことについてジークに聞いてみると、「お前は俺をおかしな目で見ていないだろ？」と返ってきた。

確かに、ヴィルナはジークのことを友達だと思っているが、恋愛対象とは思っていない。

いくら男っぽい性格とはいえ、ヴィルナも女の子。初めは他の生徒より頭一つ抜きん出ているジークの実力を見て、いいなと思ったこともある。だが、彼の性格を知ってからは、むしろ絶対そういう関係にはなりたくないと思っていた。

それを、ジークは感じ取っていたようだ。

おそらくジークの性格は、学生時代から変わっていない。なんでも憎たらしいほどそつなくこなす様《さま》は、カフェ・おむすびでも健在だった。

そんなジークに、恋人がいるという。

ヴィルナの予想では、ジークの方が先にリサのことを好きになったのだと思う。そうでなければ、あれだけ恋愛に興味がなかったジークが女性と付き合うとは思えなかった。始まりはどうであれ、リサもジークのことを好《す》いていることは確かだろう。ジークと親しげにしているヴィルナに対して、いい感情を抱くはずがない。

ヴィルナは焦って同僚に助けを求めた。

「ねえ！　ラインハルト、どうすればいいの⁉」

「どうすればって……今さらどうも出来ないんじゃね？」

適当に返すラインハルトに、ヴィルナはイラッとする。

——こっちは真剣に悩んでるのに！　これだから男ってやつは‼

思えば、学生時代もそうだった。

ジークにまつわる色々な厄介ごとに悩まされていたヴィルナ。それなのに、間近にいたジークとラインハルトはあまり助けてくれなかったのである。

女同士の喧嘩《けんか》に男が入るとややこしくなるので、ある意味それが正解ではある。だがヴィルナとしては、もっと気を使ってほしかった。

ラインハルトに頼っていても埒《らち》が明かないので、こうなったら自分でどうにかしようとヴィルナは決意する。

けれど、我関せずとばかりに涼しい顔をしている薄情な同僚には、蹴りの一発くらいくれてやっても罰は当たらないだろう。

そう思って、ヴィルナはラインハルトの尻を蹴飛ばした。

「痛っ！」

大声を上げたラインハルトは、よろめきながらも睨《にら》んでくる。

「何するんだよ！」

だが、ヴィルナは悪びれもせず、フンと笑う。

それを見たラインハルトは、不満げな顔をしつつも、無言で蹴られた尻を摩《さす》っていた。

そんなラインハルトの様子に、ヴィルナは溜飲《りゅういん》を下げたのであった。

第九章　女同士の話し合いです。

料理科の授業が終わり、生徒たちが帰った後、リサも帰路についた。

近頃は日が短くなり、空は夕焼けの色に染まっている。

料理科の校舎は、学院の敷地の中でも一番奥まった場所にある。そこから歩いて正門へやってきたリサは、王都の中を定期的に走る魔術式の馬車に乗るため、正門からほど近い停留所に足を向けた。

すると、そこには思わぬ人物がいて、リサは少し驚く。

声をかけるべきかと逡巡《しゅんじゅん》するリサに、相手も気が付いたらしく、先に声をかけてきた。

「リサさん」

「こんにちは、ヴィルナさん」

今日は休みなのか、ヴィルナは騎士団の制服ではなく私服だった。

シンプルなシャツに、焦げ茶色のロングスカート。足元は編み上げのブーツで、手には暑くて脱いだのか、紺色のジャケットを持っている。

女性にしては飾り気のない服装だが、スラリとした長身のヴィルナにはよく似合っており、凛《りん》とした雰囲気が際立っていた。

ヴィルナも学院の卒業生だと知っているリサは、何か学院に用事でもあったのかと予想したが、どうやら違うらしい。

「実は私、リサさんを待ってたんです」

「私をですか？」

きょとんとして首を傾げるリサに、ヴィルナは困ったような笑みを向けた。

「そうです。……少し時間もらってもいいですか？」

恐る恐る尋ねてきたヴィルナに、リサはコクリと頷《うなず》いた。

二人は馬車に乗り、王都の中央広場にやってきた。

明るいうちは露店が立ち並んでいるが、今の時間は店仕舞いしてしまったのか、閑散としている。

二人はぽつぽつと置かれているベンチの一つに並んで座った。

「突然ごめんなさい」

何を言われるのだろうかと身構えていたリサは、急に謝罪されて目を瞠《みは》った。

「いえ……。私に用事ってなんでしょう？」

リサが尋ねると、ヴィルナは苦笑を浮かべて口を開いた。

「単刀直入に言いますが、私って、リサさんに嫌われちゃってますか？」

ズバリ言い放ったヴィルナに、リサはドキッとした。

自分としては他のお客さんと同じように接しているつもりだったのだが、ヴィルナの方はリサの態度の不自然さに気付いていたらしい。

決して嫌ってはいないが、彼女に対して思うところはある。リサはどう返したものかと迷い、言葉に詰まった。

「いや、あの……嫌っているわけではないんですが……」

しどろもどろになっているリサがおかしかったのか、ヴィルナはふふっと笑う。

「大方《おおかた》、ジークと気安く話す女が突然やってきたから、何あの女～!!　とでも思ってるんじゃないですか?」

いたずらっぽい笑みを浮かべて言うヴィルナに、リサはうぐっと息を詰まらせる。

ヴィルナの言葉は図星だった。

それを本人から直接指摘されたことで、恥ずかしいやら悔しいやら、リサの顔がカッと熱くなる。

「いや、あのですね……。それもそうなんですけど、当たってるんですけど、その……」

ますますしどろもどろになるリサを、ヴィルナはなぜか微笑ましそうに見ていた。

「はいはい、大丈夫ですから落ち着いてください。あ、最初に言っておきますけど、私とジークが男女の関係になったことは一度もありませんし、今後も絶対にあり得ません。たとえ世界が滅びようともです」

ヴィルナはリサの目を見てきっぱりと言う。その表情は真剣だった。

「……へ?」

彼女の言葉の意味がうまく呑み込めず、リサは気の抜けた声を出す。

ヴィルナは黙ってその様子を見守っていた。

リサはなんだか気まずくなって俯《うつむ》き、ヴィルナの言葉の意味を考える。

しばらくしてから、顔を上げてヴィルナを食い入るように見つめた。

「じゃ、じゃあ、元彼女じゃなかったんですか⁉」

「元彼女って……誰から吹き込まれたんですか？　その話……」

「誰からって……」

ヴィルナに指摘され、リサはこれまでのことを振り返る。

そういえば、誰もそんなことは一言も言っていなかった。

ヘレナから聞いたのは、ヴィルナがジークと学生時代からの同期で、ラインハルトと三人で親しくしていたということだけ。それを知ったリサが妄想を膨《ふく》らませて、勝手に元カノかもしれない！　と思い込んでいたのだ。

そこまで思い至ったリサは、急に体の力が抜けた。

「また空回《からまわ》りしてたのか、私……」

普段からジークのモテっぷりが凄《すさ》まじいので、つい不安になってしまっていたのだろうか。

突然現れたヴィルナという存在に、危機感を抱いたのは確かだ。

しかし、ヴィルナの言葉を信じるならば、ただ単にリサが一人で想像を膨らませて、右往左往《うおうさおう》していただけなのだろう。

自己嫌悪で落ち込むリサ。

そんな彼女を元気づけようとしたのか、ヴィルナは明るく言う。

「いえ、私の配慮が足らなかったのも悪いんですよ。初めてカフェ・おむすびに行った時なんか、いきなり『ヴィルナが戻ってきたって伝えてくれ』とか言っちゃって。今思うと何様⁉　って感じですよね！」

過去の自分に対して憤《いきどお》るヴィルナに、リサは苦笑する。

思えばリサが余計な想像を膨らませたのは、確かにあの日のヴィルナの言葉がきっかけだったと言えなくはない。余計な情報がない分、誤解を招きそうな、意味深《いみしん》な言葉ではある。

だが、ヴィルナの性格を考えれば、あのくらいあっさりした言い方が普通なのかもしれない。

はぁと大きく息を吐き出すと、リサはヴィルナに向き直った。

「ジークが親しげに話している女の子って、カフェのメンバーくらいしか見たことがなくて……だからヴィルナさんが現れた時は、正直言ってすごく驚いたんです。ジークにも親しくしている女の子がいたんだって。だから、もしかしたら特別な関係だったんじゃないかって、勝手に思い込んでたんです」

そう言って、リサは力なく笑う。

「ジークがモテるのは常日頃から知ってますけど、彼って、あの通り不愛想でしょう?」

普段のジークの様子を思い出しながらリサが言うと、ヴィルナも覚えがあるのか、同意するように頷《うなず》く。

「驚くほど表情筋が動きませんよね」

ヴィルナの言い草に、リサは小さく笑った。

「ジーク目当てで来るお客さんがいても、彼はすごくそっけなくて……だから、どこかで安心してたんですよね。他に親しい女の人がいるわけないって。けれどヴィルナさんが現れたことで、目が覚めたって感じです」

ファンの女性客を冷たくあしらっていたジークの姿を思い出す。

リサより美人でも可愛くても全く変わらない対応の仕方を見て、リサは安心しきっていたのだろう。

そこへヴィルナとの親しげな姿を見せられて、リサは大きく動揺した。そして自分がすっかり油断していたことに気付いたのだ。

「まぁ、でもジークは一途《いちず》だと思いますよ。それにああ見えて計算高いから、何があってもリサさんのことを逃がさない気がします」

ヴィルナは呆れ顔で呟《つぶや》いた。

「……って、ヴィルナさんから見たジークってそんななの⁉」

先程からヴィルナが口にするジークの評価がマイナスのものばかりなので、リサは思わずツッコんだ。

「いやいや、今は大人になって多少丸くなりましたけど、学生時代はもっとツンケンしてて容赦なかったんですって！　私のことなんか、絶対男だと思ってましたし。……まあ、私もあいつのことを男としては意識してなかったから、そこはお互い様ですかね」

ヴィルナはやれやれと肩を竦《すく》めてみせる。

そんな彼女に、リサは急に親しみを覚えた。

「ねえ、学院の時のジークってどんなだったんですか？　やっぱり成績はよかったの？」

「成績は良かったですよ。ただ、当時から無表情なんですよね～。いや、むしろもっとひどかったかも？」

「そうなんですか？」

「ええ。特に剣術の練習でジークが相手だと、やりにくいったらなかったです！　何があっても表情を変えないから、動きが読めないんですよね」

「へぇ～、そういうものなんだ……」

「まあ、そうでなくても剣術じゃ、あいつには敵わなかったんですけど」

そう言って、ヴィルナは肩を竦《すく》める。

「ってことは、ジークは座学も実技の授業も真面目に受けてたんですね」

「いやぁ、それがそうでもないんですよ。座学の授業では、結構居眠りしてましたし。ただ、隠れてやるのがものすっごくうまいから、全然怒られなかったんです！　ラインハルトはしょっちゅう居眠りで怒られてたのに」

居眠りして講師に怒られるラインハルトを想像して、リサはクスクス笑った。

二人は仲の良い友人同士のように会話を続ける。

いつしかリサの中にあったわだかまりは、すっかり消えていた。

そしてヴィルナの方も、リサとの間に壁を感じている様子はない。

しばらくの間、二人は広場のベンチに並んで座り、ジークの学生時代の話題で盛り上がっていた。

第十章　いつも通りが一番です。

「――って、あらら、今何時？」

ヴィルナが会話の途中で、ハッとして周りを見回す。

「そういえば……」

リサもそれにつられるように、周囲の様子に目を向けた。

あれから長いこと、おしゃべりに夢中になっていた二人。

広場にやってきた時はまだ夕方だったが、既に日はとっぷりと暮れ、街灯がともっていた。

「そろそろ帰らないと。カフェにも一度寄りたいし……」

リサはそう言って、ベンチから立ち上がる。

誤解が解けて距離も縮《ちぢ》まったヴィルナと、まだおしゃべりをしていたいという気持ちはある。

わだかまりがなくなると、ヴィルナはリサにとって、すごく話しやすい女性だった。

いわゆる「馬が合う」というやつだ。リサも性格的にそこまで女の子っぽくないからかもしれない。

敬語で話すのも煩《わずら》わしくなり、お互いくだけた口調で話していた。

今まで彼女と変に距離を置いていたのがもったいないと思えるほど、ヴィルナの印象はすっかりいいものへと変わっていた。

「じゃあ、送っていくね」

そう言って、ヴィルナもベンチから立ち上がる。

「いや、それはさすがに悪いよ。ヴィルナさんも女の子だし！」

リサは恐縮して必死に手を振る。

するとヴィルナは小さく笑った。

「一応、騎士だから大丈夫。それに、どうせ私も帰る方向が一緒だから、気にしないでよ」

そして結局リサが折れる形で、カフェまでの道のりを二人で歩くことになった。

カフェ・おむすびに到着すると、当然ながら店は既に閉まっており、窓のカーテンも閉められていた。

「そうだ！　ヴィルナさん、ちょっと待っててくれる？」

リサはドアの鍵を開けながら、帰ろうとするヴィルナを引き留めた。そして彼女を手招きし、一緒に店内に入る。

送ってもらったお礼に、お菓子でもあげようと思ったのだ。

割れてしまったり形が少し歪《いびつ》だったりして売り物に出来ないクッキーを、ちょっとしたおまけ用として、カウンター付近に置いてある。

リサがカウンターの中で屈《かが》み、レジ下の棚からクッキーの包みを取り出すのと同時に、奥のドアが開いた。

「あれ？　なぜヴィルナがいるんだ？　……って、リサもいるのか」

ドアから出てきたのはジークだった。

彼はヴィルナがいることに驚いた様子だったが、リサが一緒にいるのを見てほっとした顔をする。だが、なぜリサとヴィルナが一緒にいるのかわからず首を傾げている。

「ジーク、まだ残ってたんだ……てっきりみんな帰ったんだと思ってたから、びっくりした」

リサはドアが突然開いたことに、心底驚いていた。

誰かが残っている時は、厨房《ちゅうぼう》やホールの明かりがいくつか点《つ》いている。しかし、今日は一つも点いていなかったため、誰も残っていないものとばかり思っていたのだ。

「いや、俺も今帰るところだから。っていうか、なぜ二人で？」

ジークはリサの問いに答えつつ、疑問を口にする。

それに答えたのは、リサではなくヴィルナだった。

「いや〜、私がリサさんと話したくて、ちょっと時間をもらってたのよ。リサさんってば、私なんかに嫉妬《しっと》してたみたいだからさ〜」

ヴィルナが意味深《いみしん》な視線を、リサにちらちらと向けながら言った。口元はにやついている。

リサはぎょっとして声を上げた。

「ちょ、ヴィルナさん⁉」

顔を赤く染めてアワアワするリサの様子に、ヴィルナはますます笑みを深める。そして、今度はジークに顔を向けた。

「ってことだから、邪魔者は退散しますかね。あとはジークに任せた！　じゃあまたね、リサさん！」

ヴィルナはそう言うと、リサに向かって軽く手を上げ、店を出て行ってしまう。

「ちょっとヴィルナさん⁉　クッキーを……」

リサは引き留めたものの、時既に遅く……ヴィルナが出て行ったドアがパタリと閉まった。

それきりカフェの店内は沈黙に包まれる。

残されたのはジークと、顔を赤くしているリサ、そしてリサの肩に座っている精霊のバジルだ。

リサはいたたまれない気持ちから助けを求めるように、バジルに視線を投げかけた。

すると、バジルはリサの肩からすっと飛び立ち、リサの目の前で止まる。

彼女はきりっとした目でリサを見つめると、「頑張って！」とでも言わんばかりに、両手の拳《こぶし》を胸の前で握ってみせた。

そして、一仕事終えたかのような爽快《そうかい》な顔で、厨房《ちゅうぼう》の方へ飛び去っていく。

――え、えー!!　バジルちゃん!?

バジルとしては、空気を読んだつもりなのだろう。だが、リサは取り残された寂しさと、強い焦りを覚える。

そんなリサに構わず、ジークが歩み寄ってきた。彼はカウンターの中へ入り、レジの前に佇《たたず》むリサに、あっという間に近づく。

「リサ？」

「は、はい……」

ジークの声がすぐ近くから聞こえて、リサは思わず肩を揺らした。

先程、ヴィルナはリサが自分に嫉妬《しっと》していたと暴露していった。それをジークに知られてしまったことが、とてつもなく恥ずかしい。

ジークはカウンターに手をつき、少し屈《かが》む。

すると、リサにその影がかかった。

頑《かたく》なに視線を合わせないリサに、笑いを含んだ甘い声が降ってくる。

「ねぇ、こっち見て」

リサは観念し、目だけをちらりとジークに向けた。

ジークの顔は無表情ながら、リサには笑っているように見える。

「嫉妬してたんだ？」

ジークの言葉を聞いて、リサの顔に、引いていた熱がまた集まってくる。

「うっ……。ハイ……」

嘘をつくわけにもいかず、渋々ながら頷《うなず》くと、ジークの表情はますます緩《ゆる》んだ。

それを見て、リサは少しムッとした。

「もう！　なんでそんなに嬉しそうなの!?」

「だって、リサが嫉妬してくれるのって初めてだろ？　もちろん不安にさせて悪いとは思うけど、愛情の裏返しのようで嬉しい」

そう言いながら、ジークはリサの頬にかかっていた髪を、優しい手つきで耳にかけた。

いつもならドキリとするところなのだが、リサは今回ばかりはむすっとしたままだった。

「私は、もしかしたらヴィルナさんと何かあるんじゃないかって、気が気じゃなかったのに……」

すねた顔でぼそぼそと呟《つぶや》くリサに、ジークは苦笑する。

「あいつからも聞いたと思うけど、学院時代からの同期ってだけだ。そもそもヴィルナは地元に婚約者がいて、二十歳になったら結婚するとか言っていたぞ。まだしてないみたいだが……」

「え!!　そうなの!?」

さきほどヴィルナと話した時、そんなことは一言も言っていなかった。

むしろそれさえ言ってくれたら、リサの誤解は一発で解けたと思うのだが、あえてそうしない理由がヴィルナにはあったのかもしれない。

「まあ、そうじゃなくても、あいつ相手にそんな気は起きないけどな」

ジークはさらりとそう言ってみせたが、リサには一つ引っかかっていることがあった。

「じゃあ、お休みの日に二人でいたのはなんだったの？　私、書店の前で二人が並んで歩いているところを見たの」

休日に書店の前で見た、楽しげな二人の後ろ姿。それは、今でもリサの脳裏に焼き付いている。

「休みの日？」

「私がどこか行かない？　って誘ったら、予定があるって断られた日」

首を傾げているジークを、リサはじっと見つめた。

少し考えてから、ジークは思い出したように言う。

「ああ、あの日……って、見てたのか⁉」

「見てたのかって……私に見られたくないことをしてたの？」

リサが胡乱《うろん》な目を向けると、ジークは焦った様子で話を続ける。

「いや、あの日はちょっと買い物をしてて、店から出たところで、ヴィルナとばったり会っただけだ。あの後、すぐ別れたし……」

なんだか怪しい気もするが、ジークが誠実な男だということは、リサも充分に知っている。

あの日の出来事がリサの中に大きなわだかまりを作ったことは確かだが、決して男女の仲ではないと、ヴィルナ自身からきっぱり言われた。その時点で、リサはジークのことを疑うのはやめようと思ったのだ。

ため息を一つ吐くと、リサは肩を竦《すく》める。

「まあ、結局何もなかったんでしょ？」

「もちろん」

しっかりと頷《うなず》いたジークに、リサはようやく笑顔を見せた。

「疑っちゃって、ごめんなさい」

「俺も悪かった。リサが嫉妬《しっと》してくれてるって、のんきに喜んでたんだからな。早いうちに、ちゃんと話すべきだった」

ジークは、リサの黒髪を労《いた》わるように撫でる。

「ふふ、お互い様ね」

「ああ。でも嫉妬してるのにそれを隠そうとしてるリサは、可愛かったよ」

そう言って、ジークはリサのこめかみにキスをした。

「って、もう!!」

リサはジークの胸元を軽く叩く。だが、その力は弱く、顔も少し笑ってしまっていた。

愛《いと》しそうに目を細めたジークが、彼女の腰に腕を回す。

リサも伸び上がるようにして身を寄せると、二人の唇が重なり合った。

唇を軽く重ねただけで離れると、二人はおでこを合わせて笑い合う。

そしてリサがジークの首に腕を回すと、再び二人の距離はゼロになった。

第十一章　ものすごい食欲です！

ヴィルナとのわだかまりがなくなり、仕事に恋に順調な日々を過ごすリサ。

一方、ヴィルナの方は騎士団の仕事で遠征しているらしく、ここ一週間ほどはカフェ・おむすびにも姿を見せずにいる。

せっかく仲良くなれたのにと、リサは寂しく思っていた。

「ヴィルナさんが来たら、ちゃんと教えますよ」

テイクアウト用の小窓から外を窺《うかが》うリサの姿を見て、ヘレナがおかしそうにクスクスと笑った。

若干そわそわしているリサの様子から、ヴィルナを待っていることを察したらしい。

リサとヴィルナが仲良くなったことはカフェのメンバーも既に知っている。

リサは少し気恥ずかしくなり、「うん、お願いね」と頼んでそそくさと仕事に戻った。

その様子を、ヘレナは微笑ましそうに見つめる。

一週間前、ヴィルナがカフェに来た時、リサの方から親しげに話しかけていたのを見て驚いたものだ。何がきっかけかはわからないが、リサの中にあったわだかまりはなくなったらしい。

そのおかげか、ジークとの関係も以前にもまして良好なようだ。

二人が仲良くしているとヘレナも嬉しいし、働きやすい。

いっそのこと、もっと先の関係に進んじゃえばいいのに。ヘレナはそう思わずにはいられないのだった。

ヴィルナが久々にカフェ・おむすびを訪れたのは、その翌日だった。

「いらっしゃいませ～……って、ヴィルナさん？」

入り口のドアが開く音を聞いて振り返ったヘレナは、驚いてその名を呼ぶ。

呼ばれたヴィルナは疲れた顔で、力なく右手を上げた。

いつも元気だった彼女が、今日はなんだかよれよれしている。

「とにかく席へどうぞ」

ヘレナに誘導されてカウンター席に着いたヴィルナは、素早くメニューを広げる。そして、次々と注文し始めた。

はじめはあっけにとられていたヘレナだが、すぐに注文されたものを伝票に書いていく。

ヴィルナの口から出てきたのは、到底女性一人で食べられるとは思えない量の注文だった。

内容を確認するためヴィルナに目を向けたヘレナは、よれよれした様子でありながら目だけがギラギラしていることに気付いてぎょっとする。

なんだか恐ろしくなり、さっとお冷《ひや》のグラスを出した後、オーダーを伝えるために厨房《ちゅうぼう》へ向かった。


ランチタイムを過ぎているので、厨房にはそれほど慌ただしい気配はない。

そんな中、ヘレナが厨房の入り口から少し焦ったような表情を浮かべ声をかけてきた。

「オーダーお願いします！」

「はいー」

調理をしていたリサとアランが返事をする。

ちょうど手が空いたのか、リサがヘレナの方へやってきた。

少し困惑した様子で、ヘレナは注文の内容を読み上げた。

「サンドイッチセットが一、ナポリタンが一、オムライスが一、パンケーキが一、ケーキが単品で四、ブレンドティー一です」

リサは驚いて目を見開く。

この時間帯に、これほどまとめて注文が来ることはそうそうない。もちろん全くないわけではないが、ランチタイムを過ぎてから食事系のメニューを頼まれること自体が少なかった。

「団体さんなの？」

これだけの量ならば、少なくとも三、四人のグループだろうとリサは想像する。

しかし、ヘレナは首を横に振った。

「いえ、このオーダー、ヴィルナさんが一人で……」

「え？　ヴィルナさんが!?」

再び目を見開くリサに、ヘレナは心配そうな顔で言う。

「ヴィルナさん、痩《や》せたっていうか、なんだかやつれたみたいで……ものすごくお腹が減っていそうでした」

その言葉を聞いたリサは、ヴィルナに何があったのか気になったものの、とにかく何か食べさせることが先決だと意識を切り替える。

「じゃあ、出来たものからどんどん出そう。サンドイッチなんかはすぐ出せるから！」

「わかりました。ヴィルナさんにも伝えますね」

そう言うと、ヘレナはホールの方へ戻っていった。

リサはアランに声をかけ、ナポリタンを作ってもらうようにお願いする。そして自身は、サンドイッチ作りに取り掛かった。

カフェ・おむすびのサンドイッチセットは、日によって具材が変わる。今日はベーコン、レタスに似たサニーチェという野菜、そしてトマトに似たマローという野菜を使った、いわゆるBLTサンド。それと、照り焼きチキンにピリッとしたマスタードを合わせたものの二種類だ。

照り焼きチキンは下ごしらえしてあるので、それを焼くだけ。スライスしたベーコンは、カリッとした食感が出るくらいこんがりと焼いた。

次いで耳を切り落とした四枚の食パンに薄くバターを塗り、うち二枚にサニーチェを敷く。

片方には照り焼きチキンとマスタードソースを、もう片方にはベーコンとスライスしたマローをのせ、その上にマヨネーズとチーズをベースにした甘めのソースをかける。それにもう一枚のパンをのせてサンドしてから、ナイフで半分にカットして、お皿に盛り付けた。

リサはサンドイッチがのったお皿を手に、ホールへと足を向ける。

すると、ちょうど厨房《ちゅうぼう》を出たところにオリヴィアがいた。

「オリヴィア、これヴィルナさんに出してもらえる？」

「わかりました」

オリヴィアにお皿を渡しながら、リサはちらりとカウンター席に目を向ける。そこには一週間ぶりに見るヴィルナの姿があった。

彼女は料理を待ちきれなかったのか、数個のケーキを同時に貪《むさぼ》っていた。余程お腹が空いていたのだろう。

それにヘレナの言う通り、一週間前に比べてだいぶやつれているように見えた。

とにかく、今は料理を早く出すことが先決だ。

リサは食べる元気はある様子のヴィルナにひとまず安堵し、すぐさま踵《きびす》を返した。

出来上がった料理から順に出し、鍋に残っていたランチ用のスープもサービスで出した。

その頃になると、ようやくヴィルナも落ち着いたのか、料理を口に運ぶ手の動きがゆっくりとしたものになる。

やがて、リサが食べきれるのだろうかと心配していた料理は、すべてヴィルナのお腹の中に消えた。これには、さすがのリサも驚愕《きょうがく》した。

最後に冷たいアイスティーを飲み干したヴィルナは、満足そうに息を吐く。

「はぁ〜、ごちそうさまでした！　久しぶりにちゃんとしたご飯を食べて生き返ったわ」

ちょうどカウンター内にいたリサは、元気を取り戻した様子のヴィルナにほっとする。

それにしても、なぜあんなにげっそりしていたのだろう。

「ヴィルナさん、ここ一週間は騎士団の仕事で忙しかったんでしょう？　まさかご飯を食べる暇もなかったの？」

グラスを磨《みが》く手を止めてそう尋ねると、ヴィルナは「あー」と言いながら気まずそうに指で頬を掻いた。

「食べる暇はあったんだけど、そのご飯があまりおいしくなかったんだ……最近はカフェ・おむすびで食べることが多いから、それに慣れちゃったのかな？　遠征中の食事が食べ物とは思えなくて……」

そのヴィルナの言葉に、リサはぎょっとする。

食べ物と思えないくらいとは、どれほどひどいものなのだろうか。

「騎士団のご飯って、そんなにおいしくないの？」

「いや、詰所や王宮で食べるご飯は普通だよ。あ、もちろんカフェに比べれば劣るけど、大丈夫。でも、遠征の食事はねぇ……」

そう言いながら、ヴィルナは遠征の食事を思い出したのか、遠い目になった。

「……それって、具体的にどんなものなの？」

食に携《たずさ》わる者として興味をそそられ、リサは質問を続けた。

「遠征中の食事は悲惨でね……主食は、よくてカラカラに乾燥させたパン。そうでなければ、麦を水かミルクで煮たもの。あとは干し肉とか乾燥果物、ナッツ類だね」

「え？　それだけ？　現地で料理はしないの？」

「麦を煮たり、お湯を沸かしたりはするよ」

「いや、それって料理とは言わないよね……」

ヴィルナの話を聞いたリサは、あれだけやつれるのも当然だと妙に納得した。

しかし、普段よりも活動量が多いはずの遠征で、それだけしか食事を取らないとは。団員たちにとって心身共によくないのではと心配になる。

そこへ新たな客がやってきた。

「ちわ～、って、お前はいっつもカフェにいるな」

カウンター席に座るヴィルナを見るなりそう言ったのは、ラインハルトだった。

こちらもヴィルナと同様、私服姿だ。

「うるさいな！ そう言うラインハルトだって、よくいるじゃん」

「まあ、そうだけどな」

ムッとして言い返すヴィルナをさらっと流すと、ラインハルトはその隣に座った。

リサはそんな二人の様子をクスクス笑いながら、ラインハルトにメニューを手渡す。

「いらっしゃいませ、ラインハルトくん。今日は何にする？」

「あー、コーヒーとミルフィーユで」

「かしこまりました」

リサはラインハルトの注文を伝票に書きつけると、すぐさま準備に取り掛かった。

どちらもカウンターの中で用意できるものなので、リサは手を動かしながら、二人の会話に耳を傾ける。

「そういえば、何を話してたんだ？ なんだか盛り上がってたみたいだけど」

ラインハルトはリサたちが会話していたのを見ていたらしく、ヴィルナに尋ねる。

「リサさんに、遠征中の悲惨な食事情を話してたのよ」

「ああ、あの飯はなぁ……」

ラインハルトも覚えがあるのか、嫌そうに顔を顰《しか》めた。

「ヴィルナさんったら、さっきまですごい勢いで食べてたんだよ。もう、びっくりしちゃって……」

リサがラインハルトの前にコーヒーカップを置きながら言うと、彼は納得した様子でヴィルナに視線を向けた。

「その気持ちもわかるな。遠征から帰ってきたら、俺も真っ先にここに来ると思う」

「でしょ!? カフェ・おむすびのご飯に慣れちゃうと、落差が激しすぎて、遠征中の食事が食べられなくなるぅ～」

ヴィルナは「うがぁ」と嘆き声を上げて、カウンターに突っ伏した。

「遠征中のご飯って、どうにか改善できないものなの？ お湯を沸かしたり、麦を煮たりするくらいはするっていうなら、材料を持っていって料理すればいいのに」

リサは騎士団の訓練について詳しく知っているわけではないが、もう少しなんとか出来るのではと思い、ラインハルトに問いかける。

「あー、これは長年の課題なんだよなぁ。たかが一週間とはいえ、ある程度まともな食事がしたいんだけど、そのために料理人を同行させることも出来ねぇし。かといって、団員だけで料理するにも何からやればいいのか……」

その言葉に、リサは首を傾げた。

「騎士団の人って料理できないの？　簡単なものでも？」

リサが聞くと、ラインハルトとヴィルナは気まずそうに顔を見合わせる。

「昔、試しに料理をしてみたんだよ。だけど、男で料理が得意なやつは少ないし、女子もどっちかっていうと、そういう方面は苦手なやつばっかでさ。挙句《あげく》の果てには卵を直火《じかび》であぶったやつがいて、大爆発したんだ」

「あー、あったねぇ、そんなことも。隊長にしこたま怒られたっけ……」

卵を直火であぶって大爆発。リサはその光景を想像して、頬を引きつらせる。

とにかく色々な経緯があって、訓練中の料理は御法度《ごはっと》になったと、ラインハルトとヴィルナは説明した。

「でも、毎回遠征先でちゃんとしたご飯を食べられないって、きつすぎない？　普段の訓練よりもハードなんでしょう？」

先程のヴィルナの飢えっぷりを見ると心配でならず、リサは顔を曇らせた。

「わかってはいるんだがなぁ……」

困惑した顔で腕を組み、考え込むラインハルト。

その隣で、ヴィルナが何かを考え付いたように指を鳴らした。

「そうだ！　リサさんがいるじゃん!!」

「え？　私？」

ヴィルナから期待のこもった眼差しを向けられたリサは、驚いて声を上げる。

ラインハルトは意味をはかりかねている様子で、ヴィルナの次の言葉を待っていた。

「リサさんなら私たちでも簡単に作れて、なおかつおいしい料理を知ってるんじゃない？」

ヴィルナの言葉を聞いて、ラインハルトもリサに視線を向ける。

「簡単でおいしい料理っていうのはいくつか心当たりがあるけど、訓練中に作れるかどうかはわからないよ？」

リサは少し戸惑いながらもそう返したが、二人はリサの言葉に希望を見出したらしい。

明るい表情を浮かべる二人のうち、ヴィルナが先に口を開いた。

「私、また来週に遠征があるの!!　お願い、リサさん！　どうか力を貸してー!!」

顔の前で両手を合わせるヴィルナ。そのすがるような目に、リサは困惑しつつも、小さく頷《うなず》いた。

第十二章　携帯食を作りましょう。

翌日の閉店後。

リサはヴィルナのお願いをかなえるべく、さっそく動き出した。彼女とラインハルトには、仕事が終わったら店に来るよう伝えている。

「確かに、遠征中の食事はうまくないことで有名だが……一体どうするんだ？」

調理器具を準備しているリサに、ジークが問いかけてきた。

彼には昨日、ヴィルナから頼まれたことについて話した。すると、元騎士団員として興味があるのか、リサの手伝いをしてくれることになったのだ。

「んー、まずは二人が持ってきてくれる予定の食材を見てから決めようと思ってるんだ」

リサがそう答えた時、ちょうど入り口のドアをノックする音が聞こえた。

ジークと二人で入り口に向かうと、ドアの外には騎士団の制服を着たヴィルナとラインハルトが立っていた。

「あれ、ジークもいるの？」

ジークが参加するとは予想していなかったらしく、ヴィルナが目を丸くする。そんな彼女に、ジークは憮然《ぶぜん》とした表情で返した。

「ああ。お前らがリサに無理難題を言わないか見張るためにな」

「ちょっと！　ひどくない⁉」

ジークの言葉に、今度はヴィルナがむっとする。

「まあまあ。ほら、時間も限られてるんだし、さっさとやろうぜ」

ラインハルトがやれやれと肩を竦《すく》め、ヴィルナの背中を押して店内に入った。

彼らは腰に佩《は》いていた剣を壁に立てかけ、羽織《はお》っていたコートを脱ぐ。さらにシャツの袖をまくり、料理が出来る格好になった。

二人が手を洗っている間に、リサは彼らが持ってきてくれた食材を物色する。どれも、騎士団がいつも遠征に持っていくという食材ばかりだ。

「これが麦で……こっちは？」

細長い紙の包みを手に、リサは元騎士団員のジークに質問する。

「これは乾燥させたパンだ。普通のパンよりもぼそぼそしてるから、口の中の水分が一気に持っていかれる」

ジークの言葉から食感を想像して、リサは思わず苦笑した。

その他は、ドライフルーツにナッツ、ビーフジャーキーのような干し肉、麦を水で煮た時に味付けをするための塩。それと、鉄製の容器に入ったミルクがあった。

麦はリサがそうであればいいなと願っていた通り、調理しやすく加工されたオートミールのようなものだった。

リサはひとまず、ほっと胸を撫で下ろす。

そうこうしているうちに、手を洗い終えたヴィルナとラインハルトがやってきた。

「ところでリサさん、何を作るの？」

材料を作業台に並べて一つ一つ確認していたリサに、ヴィルナが問いかけてくる。

「この材料だと凝《こ》ったものは作れそうにないから、携帯食っぽいものを作ってみようかと思って」

「携帯食？」

リサの答えに、ラインハルトが首を傾げた。

「うん。この乾燥したパンよりも栄養があって、おいしいものを作ろうと思う」

それを聞いて、ヴィルナは目を輝かせる。

「おいしいの、大歓迎！」

来週また遠征に行くというヴィルナにとって、訓練中の食事をいかにおいしく出来るかは切実な問題なのだろう。

小さく笑ったリサは、「よし！」と一声発して腕まくりをした。

「では試作をしてみましょうか！」

こうして、異世界で初めての携帯食作りが始まった。


まずは材料を揃《そろ》えることからだ。

リサはヴィルナたちが持ってきた材料の中から必要なものだけを取り出し、そこへ厨房《ちゅうぼう》にある材料をいくつか足していく。

「二人が持ってきてくれた食材の中で使うのは、麦とドライフルーツ、ナッツ、それにミルクだね。他にバターと花蜜《はなみつ》が必要になります」

花蜜というのは、この世界のはちみつのようなものだ。蜂ではなく花虫という虫が蜜を集めることから、花蜜と呼ばれている。

「この麦を使うのか～。出来上がりが想像つかないな」

ラインハルトはリサの手元をしげしげと見つめて呟《つぶや》く。

おそらく、麦を使った料理といえば、この世界でポピュラーな麦粥《むぎがゆ》のようなものしか思い浮かばないのだろう。

「……あの、リサさん。今さら聞くのもなんだけど、これから作る料理って、本当はちょっと難しいんじゃない？　私でも作れる？」

料理があまり得意ではないというヴィルナは、急に不安になったのか、恐る恐るリサの顔を窺《うかが》う。

そんな彼女に、リサはふっと微笑んでみせた。

「大丈夫だよ！　すごく簡単だから！　じゃあ、まずは私とヴィルナさんで作ってみよう」

リサが明るく言うと、ヴィルナは幾分か安堵した様子で頷《うなず》き、リサの隣に移動した。

「では、まずは使う道具を確認していこう」

リサはそう言って、四角い天板と油紙を取り出す。

「この紙は何？」

油紙を見るのは初めてなのか、ヴィルナは感触を指で触って確かめている。

「油紙といって、水分が多い食材をくるんだりするのに使うんだよ。普段カフェではケーキの包装に使うことが多いかな。これは別になくてもいいんだけど、せっかくあるから使おうと思う」

リサの説明を聞いて、ヴィルナはカフェで売られているケーキの敷き紙を思い出したらしく、「ああ」と頷いた。

リサはさっそくその油紙を、天板の底に敷き詰める。

他にはボウル、木べら、大さじスプーンなどを用意した。

「じゃあ、いよいよ調理に入りましょう」

リサが改まった口調で言うと、ヴィルナは表情を引き締めた。

「はい！」

騎士団らしく切れのいい返事が返ってきたところで、さっそく調理に取り掛かる。

「初めに麦とドライフルーツ、それにナッツをボウルに入れて、ざっとかき混ぜます。ドライフルーツとナッツは麦の粒と同じくらい細かくした方が食べやすいよ」

そう言いながら、リサはドライフルーツを包丁で刻み、ナッツは適当な大きさに砕いてボウルに入れた。

「このくらいなら、私にも出来そう！」

ヴィルナは張り切ってドライフルーツを刻み始めたものの、手つきがかなりぎこちない。

手を切ってしまうんじゃないかとリサはハラハラしたが、下手に声をかけたらますます危ないと思い、彼女が切り終えるのを黙って見守ることにした。

大きさがバラバラではあるが、どうにかドライフルーツを刻み終えたヴィルナは、続いてナッツを豪快に砕く。それらをボウルに入れ、麦と混ぜ合わせた。

「では、次に進むね。今度は鍋にバターと花蜜《はなみつ》を入れて、火にかけます」

「わかりました！」

リサはバターと花蜜を大さじスプーンで片手鍋に入れて、コンロへ持っていく。

ヴィルナも慣れない手つきでバターと花蜜をはかり、鍋に入れると、リサの後をついてくる。

ジークとラインハルトは、面白いものを見るような顔でそれを眺めていた。

コンロに火をつけ、弱火にしたら、材料の入った鍋を置く。

「強火にすると焦げてしまうから、必ず弱火で。バターが完全に溶けたところで火から下ろします」

「このくらい？」

ヴィルナが不安げな顔で聞いてきた。

リサはヴィルナの鍋を覗き込み、オッケーサインを出す。

「これを冷めないうちに、ボウルに入っている材料にかけて、万遍《まんべん》なく混ぜるの」

リサは鍋の中身をボウルに加え、木べらで混ぜていく。

ヴィルナの方を見てみると、彼女も真剣な表情でボウルの中身を混ぜ合わせていた。

「ここにミルクを少量加えて、全体がしっとりするまで混ぜてね」

ミルクを加えると、乾燥していた麦に水分が加わり、しっとりとして食べやすくなるのだ。

「ここまでできたら、初めに準備しておいた天板に平らに広げます。木べらで押し付けるようにしながら、しっかりと広げてね」

そう言って、リサはボウルの中身を天板いっぱいに隙間《すきま》なく広げていく。

ヴィルナも同様の作業を終えたところで、リサは彼女を連れてオーブンの方へ移動した。オーブンはあらかじめ熱してあるので、すぐに使える状態だ。

「オーブンで十分から十五分くらい焼けば完成だよ。端《はし》の方が少しこんがりしてきたくらいが、焼き加減の目安かな」

リサはオーブンの扉を開け、自分の持っていた天板を中に入れた。その後、ヴィルナが持っていた天板も受け取り、オーブンへ入れる。

あとは焼き上がるのを待つだけだ。

「じゃあ、その間にジークとラインハルトくんにも作ってもらおうかな？　今度はドライフルーツを干し肉に替えて作ってみよう」

リサの言葉にジークが頷《うなず》き、さっそく行動に移る。

一方、ラインハルトはまさか自分にお鉢が回ってくるとは思っていなかったらしく、戸惑った声を上げた。

「え!? 俺もやるの!?」

目を丸くするラインハルトに、リサは首を傾げる。

「あれ？ てっきりそのつもりで来たんだと思ってたのに……。作り方を知ってるのが一人しかいないよりは二人いた方が、実際に騎士団で作る時に何かといいんじゃない？」

リサが言うと、ヴィルナも賛同した。

「そうだよ！ ラインハルトの方が私より階級が上なんだし、この携帯食をちゃんと騎士団の食事に取り入れるには、ラインハルトにも覚えてもらった方がいいよ!!」

自分一人では、もう一度同じものを作れるかどうか怪しいから……というのがヴィルナの本音だろう。ラインハルトも作り方を知っておいてくれれば、いざという時に頼ることが出来る。加えて騎士団内での発言力は彼の方が上だというのなら、ヴィルナの意見はもっともだった。

それはラインハルトもよくわかっているのか、仕方がないという風にため息を吐《つ》くと、ジークの隣へ移動する。

「リサ、ドライフルーツを干し肉に替える他に、変更点はあるか？」

ジークが天板に油紙を敷きながら、リサに確認した。

「バターと花蜜《はなみつ》を溶かす時に、塩も少しだけ加えて。あとは同じ手順で大丈夫」

リサの言葉に頷くと、ジークはラインハルトに指導しつつ、自らも携帯食作りに取り掛かる。

すると意外にも、ヴィルナよりラインハルトの方が手つきがよかった。一度リサとヴィルナが作る様子を見ていたため、作業もスムーズだ。

リサは感心しながら見ていたが、ヴィルナは負けたと思ったらしく、顔を顰《しか》めている。

ジークとラインハルトが材料を天板に広げ終えたところで、リサとヴィルナが作った方が焼き上がった。

オーブンから取り出してみると、端《はし》の方はうっすら焦げ色が付き、表面には艶《つや》があった。

厨房《ちゅうぼう》内に香ばしい匂いとドライフルーツの甘い香りが漂《ただよ》う。

その匂いに食欲をそそられたのか、ヴィルナが目を輝かせながら、リサの持つ天板を見つめていた。精霊のバジルも、初めて見る料理に期待の眼差しを向けている。

二人の目がそっくりだったので、リサは思わず笑ってしまった。

「残念だけど、食べるのはもう少し先ね」

リサの一言で、ヴィルナもバジルもがっくりと肩を落とす。

その動作までもが一緒だったので、リサはますますおかしくなった。

「ふふふ、これは完全に冷ましてから食べるの。今日は時間がないから冷蔵庫で冷やそう」

リサはそう言って、焼き上がったものを天板ごと冷蔵庫に入れた。

ジークとラインハルトの方も材料をオーブンに入れ終え、使った調理器具の後片付けをしていた。リサとヴィルナもそれに加わる。

ジークとラインハルトが調理器具を洗い、リサとヴィルナが布巾で拭く。

分担して作業をしながら、リサは携帯食をどうやって騎士団に導入するのかラインハルトに聞いてみた。

「まずは、今日教えてもらったものを持ち帰って、うちの隊でも作れるかどうか試してみるつもりだ。それで来週ヴィルナが遠征に行く時に、持ってってもらうって感じかな。ちょうど今回は実動部隊じゃなくて補給部隊の方だからな」

後半の話にリサが首を傾げていると、それを見たジークが補足してくれた。

「遠征の時は、実戦を想定した作戦を実行する実動部隊と、そのサポートをする補給部隊に分かれるんだ。補給部隊は後方やベースキャンプで待機して、食事や医療の態勢を整える」

ジークの説明にヴィルナも加わる。

「私はこの間は実動部隊だったから、今回は補給部隊なんだ。たぶんいくつかある班の班長を任されると思うし、その点でもいいタイミングと言えるんだよね」

ヴィルナが言うには、補給部隊の班長にはどの食料をどのタイミングで配給するかを決める権利があるので、団員たちに携帯食の良さをアピールしやすいというのだ。

リサは三人の説明を聞いて、へぇ〜と感心した。

「あ、そうだ。リサさん、念のためにこれのレシピを書いてもらえるか？」

ラインハルトがそう言って、リサの顔をすまなそうに窺《うかが》う。

「もちろん大丈夫だよ」

「ありがとう。あと今さらなんだが……この携帯食って、カフェで販売しなくていいのか？」

ラインハルトがためらいがちに聞いてきたので、リサは彼が思っていることを察し、微笑んで片手を振った。

「いいのいいの。味より栄養面を重視して作ったから、カフェで売るのには向かないし。その分、騎士団で役立ててくれたら嬉しいな」

リサの言葉に、ラインハルトは安堵した様子を見せた。

ラインハルトが気にしていたのは、レシピの権利のことだろう。

カフェ・おむすびの料理のレシピはほとんど公開されているが、無料というわけではない。フェリフォミア王国で一、二を争う大商会であるアシュリー商会から販売されているのだ。

もちろん、その売り上げの一部はカフェ・おむすびに入っており、店の維持費や人件費などに使われている。

だが、今回リサがヴィルナとラインハルトに協力したのは、あくまで友人としてであり、金銭の見返りをもらうつもりはなかった。

「ありがとうリサさん！　これで来週はなんとか生き延びられそうだよ～!!」

ヴィルナが感極《かんきわ》まったように目を潤《うる》ませ、リサに礼を言った。

そうこうしているうちに、ジークとラインハルトの作った分が焼き上がった。一方、冷蔵庫に入れていた分は、充分に粗熱《あらねつ》が取れている。

ジークたちが作ったものは冷蔵庫へ入れ、リサたちが作った方は調理台へ運ぶ。

「最後に、食べやすい大きさに切っていくね」

リサは焼き上がったものを油紙ごと天板から取り出し、まな板の上にのせる。そして十四、五センチほどの長さの棒状に切った。

「じゃあ食べてみようか」

ジークたち三人が、出来上がった携帯食に齧《かじ》りつく。

リサも手で硬さを確認すると、さっそく頬張《ほおば》った。

「うん、なかなかいい感じの出来かな？　みんなはどう思う？」

つなぎの役目をしている花蜜《はなみつ》の加減を舌で確かめながら、リサは三人の反応を窺った。

「おいしい！　ドライフルーツがいいアクセントになってるし、食感がしっかりしてるから食べ応《ごた》えがあって……これなら遠征にもぴったり!!」

一番に口を開いたのは、遠征の食事改善を熱望していたヴィルナだった。

彼女は感激した様子でリサに感想を伝える。

「麦は所詮《しょせん》麦だと思ってたけど、普段食べてるのとは全然違うな。正直、うまくて驚いた」

ラインハルトは予想以上の出来栄《できば》えに、感心した様子で呟《つぶや》く。

「これなら持ち運びも楽だし、遠征向きだな。リサがさっき言ったように、カフェでの販売には向かないと思うが」

ジークが携帯食を手に、しみじみと言う。

リサは彼の言葉に同意した。

「そうなんだよね。クッキーの方が見栄《みば》えがいいし、味もいいもの。この携帯食はあくまで非常時の栄養補給を目的に作ったからね。カフェのお客さんみたいに、普通のご飯を食べられる人には不要なものでしょ？」

リサの言葉に、ラインハルトが納得した表情で頷《うなず》いた。

「確かにそうかもしれないな。けど、非常時には重宝《ちょうほう》すると思う」

「私もすごくいいと思う！　これで来週の遠征に希望が持てる‼」

ヴィルナは満面の笑みを浮かべている。携帯食が相当気に入ったらしい。

他の三人は、そんな彼女を見て苦笑した。

だが、この携帯食が騎士団の遠征に取り入れられるかどうかは、まだわからない。もしそれが失敗に終われば、ヴィルナはまたおいしくない食事で我慢しなければならない。

ふと心配になって、リサはラインハルトに尋ねた。

「これを導入することになったら、騎士団の上の人たちに認めてもらう必要があると思うけど、大丈夫そう？」

リサの問いに、ラインハルトは少し難しい表情で答えた。

「こうして実際に作って食べてみれば、この携帯食が従来の食事より味の面でも栄養の面でも優れているのはわかる。ただ、その点をうまく上層部に伝えられるかどうかが勝負だな」

騎士団という大きな組織の中に新しいものを取り入れるのは、難しいことなのだろう。

リサはラインハルトの言葉を聞いて考える。

今年の夏、あまりの暑さで食欲不振に陥《おちい》った団員たちのために、ラインハルトが中心となって騎士団の食事に水ようかんを取り入れた。しかし、それは二、三週間という短い期間だけだった。

だが、この携帯食は違う。今後の騎士団の活動に、半永久的に取り入れようというのだ。今までの食事にかかっていた費用との差や、遠征前にあらかじめ作っておくための態勢、実際に取り入れた時の効果など、色々な点からの検証が必要となる。

とはいえ、ここから先はリサには介入できない領域なので、ラインハルトとヴィルナにどうにか頑張ってもらうよりほかない。

「私からは、頑張ってとしか言えないけど……」

リサが困った顔で言うと、ラインハルトは首を横に振った。

「いや、ここまで協力してくれただけで充分だよ」

その言葉に、ヴィルナも同意する。

「そうだよ！　もし無理でもこっそり持ち込むから、大丈夫!!」

「おい、それはダメだろ！」

即座にツッコんだラインハルトに、ヴィルナは「えへ」と舌を出してみせる。

二人のやり取りを見て、リサも思わず笑顔になった。

「こっちも冷めたから、食べてみるか？」

冷蔵庫から干し肉入りの携帯食を取り出したジークが、三人を振り返って尋ねる。

「食べる食べる！」

ヴィルナの言葉にラインハルトとリサも頷《うなず》き、試食を再開したのだった。

第十三章　予想外の展開です。

「リサさん、携帯食の導入が決定したよ！」

開店直後のカフェにヴィルナが駆け込んできたのは、五日後のことだった。

この五日間、ヴィルナは携帯食を騎士団に導入するために奔走《ほんそう》していたらしく、カフェにも顔を見せなかった。

そしてラインハルトの方も、一度レシピについて質問するためにやってきただけなので、二人ともかなり忙しかったようだ。

きっと、その努力が実ったのだろう。

「本当⁉　よかったね！」

この結果を、リサも心から嬉しく思った。

ヴィルナに向かって満面の笑みを浮かべてみせる。

「今回の遠征まであまり時間がないから、このあと急いで準備することになったんだ！　これでひもじい思いをすることはなさそう‼」

そう言って、ヴィルナは安堵の息を吐き出した。

リサとしては、もっとちゃんとした食事を取った方がいいとも思うのだが、これまでの騎士団の食事に比べればずっとマシなのだろう。

これから大量の携帯食を準備しなければならないらしく、ヴィルナは報告を済ませると、すぐにカフェを出て行った。

何はともあれ、携帯食が無事に導入されてよかった。

自分の仕事は果たしたと思って、リサは安堵する。

だが、それは大きな間違いだったと後《のち》に知ることになるのだった。

十日後、遠征から戻ってきたヴィルナの話によれば、携帯食は団員たちに大好評だったらしい。

今回の訓練には携帯食だけでなく、麦や乾燥させたパンも持っていったそうなのだが、携帯食だけが早々になくなってしまったという。

携帯食はその場で作れるものではないので、最後の二日間は麦と乾燥パンだけでしのぐことになったらしい。だが、それでも前回の訓練に比べてひもじさを感じなかったというのがヴィルナの感想だ。

それを聞いたリサは純粋に嬉しく思い、これからも携帯食を有意義に活用してもらえるといいな、とヴィルナに話した。

——その数日後。

カフェの営業が終わり、リサはジークと一緒に閉店後の片付けをしていた。

そこへ、ドアをノックする音が聞こえてくる。

用心のために男性であるジークが様子を見に行ったのだが、ドアを開けた瞬間、彼は固まってしまった。

それを見ていたリサは、何事かと思って自分もそちらに向かう。すると、ドアの外には見知った人物がいた。

「ラインハルトくん？」

そのリサの声を聞いたジークは、ハッとしたように体を揺らす。そして、ドアの前から一歩身を引いた。

そこで初めて、リサはラインハルトの隣に人がいることに気付く。それはラインハルトと同じく騎士団の制服を着た、壮年の男性だった。

「閉店後なのにすまないな、リサさん。少し時間をもらえるか？」

ラインハルトが隣に立つ人物をちらりと見てから、リサに尋ねた。

片付けはあらかた終わっているし、このあと特に用事もないため、リサは頷《うなず》く。そして、ラインハルトと同行者を店内に招き入れた。

二人をテーブル席に案内したリサは、温かいお茶を淹《い》れてそちらへ向かう。

ラインハルトが連れてきた男性の制服には、肩や胸に階級章や勲章《くんしょう》がたくさんついている。きっと騎士団の中でも上の方の役職についている人なんだろうなとリサは思った。

なんだか緊張してしまい、元騎士団員であるジークにも同席してもらおうと、少し離れたところに立っていた彼に声をかける。

「あの、ジークも一緒に話を聞いてほしいんだけど……」

「……ああ、わかった」

いつになく固い表情をしているジークを、リサは怪訝《けげん》に思った。

「大丈夫？　もしかしてラインハルトくんが連れてきた人って、すごい人なの？」

リサの言葉が図星だったらしく、ジークは困ったように言う。

「……あの人は、騎士団の総団長だ」

一瞬その言葉の意味を理解できず、リサはコテンと首を傾げた。

するとジークはため息を吐《つ》き、詳しく説明する。

「フェリフォミアの騎士団は、大きく分けると王宮騎士団と王国騎士団の二つがある。それぞれのトップに騎士団長がいるんだが、その二人の上に立っているのがあの人なんだよ」

騎士団を会社にたとえると、代表取締役のようなものだろうか。

元ＯＬのリサはそう想像して、驚きの声を上げた。

「えー!!　なんでそんな人がうちに!?」

「それは俺にもわからないが……」

彼がなんの目的でここに来たのかは、さすがのジークにもわからないらしい。

とにかくあまり待たせては悪いので、リサはジークと共に、急ぎ足でラインハルトたちのもとへ向かった。

「お待たせしました」

リサがそう声をかけると、二人はわざわざ立ち上がってくれた。

「リサさん、まずは紹介させてもらうな。こちら騎士団の総団長で、アルベルト・ビエナート殿だ」

ラインハルトはそう言って、隣に立つ男性を紹介する。

アルベルトは胸に手を当てて目礼《もくれい》すると、リサに向かって手を差し出した。

「総騎士団長を拝命しています、アルベルト・ビエナートです。お父君とは親交がありますが、あなたとお会いするのは初めてですね。よろしくお願いします」

リサはアルベルトの手に自分の手をのせて、軽く腰を落とす。

「初めまして。リサ・クロードです。こちらこそ、どうぞよろしくお願いいたします」

リサが笑みを浮かべて自己紹介すると、アルベルトも小さく微笑んでくれた。

彼はジークに視線を移し、懐かしそうに目を細める。

「久しぶりだな、ジーク」

話しかけられたジークの方は、困った表情で口を開いた。

「はい、ご無沙汰《ぶさた》してます。あの……」

どこか気まずそうに言葉を濁《にご》すジークの肩を、アルベルトは軽く叩いた。

「元気そうで何よりだ。君が新しい道で頑張っているというのは、噂《うわさ》で聞いている」

そんな二人のやり取りに、リサはおや？　と首を傾げた。

「お知り合いなんですか？」

リサの言葉に答えたのは、ジークだった。

「ああ。騎士団に入団して間もない頃に、お世話になったんだ」

それを聞いて、リサは二人の関係がなんとなく想像できた。

おそらくアルベルトはジークの将来に期待しており、ジークの方もそれに応《こた》えるつもりだったのだろう。

しかし、リサと出会ったジークは、アルベルトの期待を裏切る形で料理人に転身した。

だからこうして再会して、少し気まずさを感じているのだと思う。

「どうぞお掛けになってください」

リサはひとまず二人に座るよう促《うなが》した。

アルベルトとラインハルトが着席したのを見てから、ジークと一緒に向かい側に座る。

「事前に連絡もなく、突然訪問して申し訳ありません」

アルベルトは、まずは突然やってきたことを詫《わ》びた。

「いえ、お店は終わっていますので、構いません。それより、ビエナート様のご用件とはなんでしょう？」

リサの言葉に、アルベルトは表情を緩《ゆる》ませた。

「アルベルトでいいですよ。『様』も不要です」

「では、アルベルトさんと呼ばせていただきます」

総団長と聞いて厳しい人なのかと思っていたが、想像とは違って温和な人物であるらしく、リサはほっとする。

「今回こちらを訪ねることになったきっかけは、先日リサ嬢から提供していただいた携帯食のレシピです」

その言葉を聞いて不安になり、リサは眉をひそめた。

「私のレシピに、何か問題でもあったんでしょうか？」

アルベルトは、笑顔で首を横に振る。

「いやいや、問題などありません。それどころか、非常に助かっていますよ。私も食べさせてもらいましたが、今までの訓練食にはもう戻れないと思いました」

アルベルトが本当に嬉しそうに話すので、リサは安堵した。

ラインハルトがアルベルトの言葉を補足する。

「もうヴィルナから聞いてると思うが、現場でもすごく好評だったらしいぞ。今回は試験的に導入してみただけだけど、次回から本格的に導入することになった」

「それはよかった。まあ、私は故郷で食べていたお菓子をヒントにして、レシピを考えただけなんだけど」

謙遜《けんそん》するリサに、アルベルトは真剣な面持ちで言う。

「あのレシピが騎士団にもたらす効果は、はかりしれませんよ。今回こうして訪問したのは、あの携帯食以外にも、訓練食に向いた料理を教えていただきたいと思ったからです。遠征先で作れる料理の作り方を、団員たちに指導していただけないでしょうか？」

一瞬きょとんとしたリサだが、彼の言葉の意味を理解して、驚きに目を見開く。

「ええ!?　騎士団に料理指導、ですか？」

「端的に言うと、そうです」

突然の依頼に戸惑い、リサは隣に座るジークに視線を向けた。

リサとしても、騎士団に協力したい気持ちはある。だが、もし依頼を引き受けるのならば、元騎士団員であるジークにも同行してもらいたい。

リサは料理をすることに関しては自信を持っているが、野外で作るとなると話は変わる。

元の世界にいた時、何度かバーベキューをする機会があったが、それくらいしか経験がないのだ。

きちんとした設備がなく、道具も少ない場所での料理には、あまり自信がない。

その点、元騎士団員のジークは、野外での調理経験もそれなりにあるはず。リサは以前、彼からそんな話を聞いたことがあった。

何よりジークは、騎士団に詳しい。騎士団のことをほとんど知らない自分に、色々助言してくれるだろうとリサは考えたのだ。

リサの視線を受けて、ジークはコクリと頷《うなず》く。

「俺も協力させていただきたいです。今になって振り返っても、あの訓練食は二度と食べたくありませんからね」

彼にしては珍しく、冗談めかしてジークは言った。

ジークが協力を申し出てくれたことに、リサはホッとする。

だが彼の言葉を聞いたラインハルトは、しみじみと言った。

「昔は騎士団の中で、お前が一番食事に頓着《とんちゃく》しなかったのに……人間ってのは、こうも変わるのか……」

「そうだなぁ。食べられればそれでいいというスタンスだったのを、私も覚えているぞ」

アルベルトも懐かしそうに目を細める。

「リサ……いえ、リサさんの料理に出会ってしまいましたからね。仕方ないですよ」

「おいおい、惚気《のろけ》か？」

ラインハルトが茶化すように言うと、アルベルトが目を光らせた。

「おや？　二人はそういう関係なのかい？」

リサは頬を染め、ジークをちらっと見る。

すると、ジークはいつもの無表情であっさり肯定した。

「はい、そうです」

こういう時ばかりは、ポーカーフェイスのジークが羨《うらや》ましくなるリサだった。

アルベルトは微笑んで、「そうかそうか」と頷《うなず》いている。

なんだかいたたまれなくなったリサは空気を変えるべく、話を元に戻す。

「話が逸れてしまいましたが、今回のお話、ぜひ協力させていただきます」

「おお、そうですか。それは大変助かります。もちろん謝礼はお支払いしますよ。日程などの詳細は、追って決めましょう」

アルベルトが未だニヤニヤしながら言った。

そんな彼に、リサとジークは都合のいい日程をいくつか伝える。それを聞くと、アルベルトとラインハルトはもう一度礼を言って、店を出て行った。

こうして、騎士団に野外で料理指導をすることが決まったのである。

第十四章　野外での料理指導です。

アルベルトの依頼を受けてから十日後。

カフェ・おむすびの休業日であるこの日、騎士団への野外料理指導が行われることになった。

リサは朝早くから、ジークと一緒に指定された場所へ向かう。

料理指導が行われることになったのは、学院の騎士科の敷地内にある、野外演習場だ。

今回の料理指導は、あくまで遠征先で調理することを前提としたものであるため、実際の遠征に近いシチュエーションが求められる。

学院の騎士科は王都の中にありながら、実地訓練が出来るほど広大な森に隣接している。その森の一部に作られた野外演習場は、今回料理指導をするのに打ってつけの場所だった。

「ここが騎士科か～」

初めて騎士科のエリアに足を踏み入れたリサは、物珍しそうにあちこちを見回す。

一方、ジークは騎士科の卒業生ということもあって、落ち着いていた。

野外演習場に入るには、騎士科の校舎の中を通る必要がある。リサたちが入館の許可をもらうため受付へ行くと、事務員から「楽しみにしてますよ」と声をかけられた。どうやら彼もお相伴《しょうばん》にあずかるつもりのようだ。

そこから野外演習場に向かう途中で、騎士科の講師たちとすれ違った。彼らからも同じような言葉をかけられ、リサは苦笑した。

そういったやり取りの後《のち》、リサとジークは野外演習場へと足を踏み入れた。

演習場の入り口には、既に参加する騎士団員たちが集まっている。

「おーい！　リサさん、ジーク！」

ラインハルトが二人を呼ぶ声が聞こえた。

声の方を見れば、ラインハルトが手を上げている。その隣にはヴィルナがいた。

リサとジークは、足早にそちらへ向かう。

「ヴィルナさんも参加するんだね！」

ヴィルナが参加することは知らなかったが、リサは嬉しくなる。

ヴィルナはフン、と鼻を鳴らして胸を張った。

「最初に訓練食を改善したいと言ったのは私だからね！　参加しないわけにはいかないよ！」

やる気が漲《みなぎ》っている彼女の様子を、リサは頼もしく思った。

その横で、ジークがラインハルトに尋ねる。

「この辺でやるのか？」

「いや、森の中に、少し開《ひら》けたところがあるのを覚えてるか？　そこでやるつもりだ。水や材料は先に運んでもらってる」

ラインハルトの言う場所にジークは覚えがあるらしく、説明を聞きながら頷《うなず》いていた。

周囲では数人の騎士団員たちが、道具や材料が入った木箱を運んでいる。

使う道具や食材は事前の打ち合わせの際に伝えてあるが、ちゃんと揃《そろ》っているか、念のため確認したい。

「必要なものが揃ってるかどうか、事前に確認しておきたいんだけど……」

リサはラインハルトに尋ねた。

すると、彼が頷いて言う。

「わかった。さっそく現場に行って確認しよう」

その言葉に、リサはコクコクと頷いた。

そうして四人は、調理が行われる場所へ移動する。

演習場とはいえ、ここは森の中だ。騎士科の生徒が頻繁《ひんぱん》に立ち入っているため、人が踏み固めて出来た道はあるものの、こうした道を歩き慣れていないリサは転びそうになってしまう。

一方、リサ以外の三人は慣れた様子でどんどん先へ進んでいく。

途中、足元のおぼつかないリサを見たジークが「背負っていこうか?」などと、本気なのか冗談なのかわからない言葉をかけてきた。

それはさすがに恥ずかしいので、リサは丁重《ていちょう》に断る。

リサのペースに合わせて進むこと、数十分。

急に木立《こだち》が途切れ、開けた場所に出た。たくさんの騎士団員が集まっているところをみると、どうやらここで調理を行うらしい。

ラインハルトは、先に到着していた騎士団員に声をかける。そしてリサとジークを手招きした。

「ほとんどのものは運び終えたらしいから、好きに確認してくれ」

「じゃあ、お言葉に甘えて……」

リサはそう言って、手近にあった木箱を開ける。ジークと手分けして、必要なものが揃っているかどうかを確認し始めた。

まずは調理道具。遠征先での調理を想定しているので、必要最低限のものしか用意していない。鍋、お玉、木べら、まな板、包丁くらいだ。

材料は、根菜類を中心に準備してもらっている。

葉物野菜は軽くて持ち運びしやすいが、いかんせん傷《いた》みやすい。ゆえに重量はあるけれど、日持ちする根菜を使うことにした。

携帯食にも使用した干し肉は、今回も使うつもりだ。

調味料に関しては塩とコショウ、それと砂糖を用意してもらった。他に特別な調味料も使う予定だが、それはリサが持ってきている。

ざっと見た感じ、必要なものは揃《そろ》っているようだった。

リサは少し離れたところで木箱を覗き込んでいるジークに声をかける。

「ジーク、そっちも大丈夫そう？」

「ああ」

そのやり取りが聞こえたのか、他の団員と話をしていたラインハルトが近づいてくる。

「足りないものはなさそうか？」

「うん、大丈夫だと思う」

リサがそう言ったところで、ラインハルトの後ろからアルベルトが歩いてくるのが見えた。

彼が傍《そば》を通るたびに、団員たちは道を空け、背筋をピンと伸ばして敬礼している。

それに頷《うなず》きながら歩いてきたアルベルトは、リサの前で立ち止まった。

ラインハルトが敬礼すると、それにつられたようにジークも敬礼する。

どうやら無意識に体が動いてしまったらしく、ジークは「あ……」と呟《つぶや》いた。

アルベルトがおかしそうに笑う。

「ジーク、君はもう敬礼しなくてもいいんだぞ?」

「つられて、つい……」

珍しく視線を泳がせるジークに、リサも小さく笑った。

「リサ嬢、今日はよろしく頼みます」

アルベルトの言葉に、リサは微笑んで頷く。

「はい。精一杯、協力させていただきます」

時間を確認すると、ちょうど開始予定時刻となっていた。

リサは改めて周りを見回し、ぎょっとする。

もっと小人数で行うと聞いていたのに、いつの間にか二、三十人の騎士団員がその場に集まっていたのだ。

「ちょっとラインハルトくん、なんでこんなに人がいるの？」

小声で抗議すると、ラインハルトは焦った表情で言い訳する。

「いや、実は上層部の人たちが、急に参加したいって言ってきてさ。俺の立場では、断り切れず……」

よく見ると、半数以上の人の制服には、何かしらの勲章《くんしょう》がついていた。おそらくその人たちは、ラインハルトよりも階級が上なのだろう。

なんだか大事《おおごと》になってきてしまい、リサは不安げな顔をする。そんな彼女に、ラインハルトは慌ててフォローの言葉をかけた。

「リサさんは、自由にやってくれればいいから！　階級に関係なくこき使ってくれていいよ。それが参加の条件だって、あらかじめ伝えてあるし!!」

とはいえ心の準備というものがあるので、出来れば事前に教えておいてほしかった。

そう思いながらも、リサは仕方ないことだと割り切ることにした。

ラインハルトに向かって苦笑してみせる。

「わかった。でも、フォローはお願いね」

「ああ、もちろんだ」

若干、ラインハルトの顔が引きつっている。おそらく彼にとっても厄介な事態なのだろうが、ここは頑張ってもらうほかない。

まずはアルベルトから一言あるようだ。彼はラインハルトとアイコンタクトを交わすと、咳払いをして団員たちの視線を集める。

「諸君、今日は遠征中の食事を改善するため、あるお方にご助力いただくこととなった。紹介しよう。リサ・クロード嬢とジーク・ブラウンくんだ。リサ嬢はカフェ・おむすびのオーナーで、料理科の主任講師も務めておられる。先の遠征で好評だった、画期的《かっきてき》な訓練食を考案してくださった方だ。そしてジークくんは諸君の中にも知っている者が多いと思うが、元騎士団員である。今はカフェ・おむすびで働きながら、リサ嬢と同じく料理科の講師もしている。今日は野外で調理するための知識と技術を我々に伝授してくださるというので、諸君はしっかり学ぶように！」

アルベルトがしゃちほこばった口調で告げると、騎士団員たちは返事の代わりに敬礼した。全員が同じタイミングで敬礼したので、ザッという衣擦《きぬず》れの音が大きく響く。

リサは自分が場違いな気がしてならなかったが、挨拶《あいさつ》を終えたアルベルトが気遣うように笑顔を見せてくれた。

それにリサが微笑み返したところで、ラインハルトから「リサさんからも一言頼む」

と言われてしまう。

リサは若干困惑しながらも、思いきって口を開いた。

「ご紹介いただきました、リサ・クロードです。今日はいくつかの料理を指導させていただきたいと思いますので、どうぞよろしくお願いします」

リサが簡単な挨拶を終えると、アルベルトの時と同じように敬礼が返ってきた。リサは思わずびくっと体を揺らす。

それを見て小さく笑い、ラインハルトはリサに尋ねた。

「リサさん、初めは何をすればいい？」

「調理を担当する人には私が個別に指示を出すから、それ以外の人には石を組んでかまどを作ってほしいな。あと、薪《たきぎ》を集めてもらえると助かる」

リサの言葉に頷《うなず》き、ラインハルトは周囲の団員たちに指示を出し始めた。

「調理を担当する人は、私のところへ集まってください！」

リサが大きな声で言うと、五名の騎士団員が傍《そば》にやってくる。

女性三人に、男性二人だ。

リサは彼らの顔を順に見てから、ん？　と思う。

ヴィルナがいない。始まる前にあれだけ張り切っていたので、てっきり調理に参加するものだとばかり思っていた。だが、どうやら違うらしい。

周囲を見回すと、率先《そっせん》して薪《たきぎ》集めをするヴィルナの姿があった。

そういえば、先日携帯食を教えた時、彼女はあまり手馴れていない様子だった。料理は自分に向かないと判断し、裏方に徹することにしたのかもしれない。

「では、調理に入る前に軽く説明しますね」

リサがそう切り出すと、集まった五人は真剣な面持ちで注目した。

小さく頷《うなず》いてから、リサは続きを話す。

「今日は三つの料理を作りたいと思います。野外で調理するなら大きな鍋でいっぺんに調理できるものがいいかと思い、おかずにもなるスープのレシピを用意しました。麦入りのミルクスープ、ミネストローネ、スープカレーの三つです」

リサの説明を聞いていた五人は、一斉にきょとんとした。

実際に作ってもらった方がわかりやすいのだが、リサは軽く説明しておくことにする。

「麦入りのミルクスープはその名の通り、元々訓練食として食べられている麦を、野菜と一緒にミルクで煮込んだスープです。普段、麦は水やミルクで煮込んで食べていると聞きましたので、その発展形ですね。そして、ミネストローネは肉と野菜をマローで煮込んだスープです。マローは今回は生のものを使いますが、持ち運びに適しておらず、あまり保存もきかないので、遠征の時は瓶詰かドライマローを使用した方がいいかもしれません。最後にスープカレーですが、これは野菜と肉を、数種類のスパイスで煮込んだものです。スパイスが食欲を増進させてくれて、疲労回復にも適した料理です」

リサの説明を聞いてなんとなくイメージを掴《つか》んだらしく、五人は納得した様子で頷いた。

それを見て安堵したリサは、次の段階に進むことにした。

「全員で同じ料理を作るのは効率が悪いので、三グループに分かれて行います。本当は二名のグループを三つ作りたいので、もう一人いるといいんですが……」

リサがそう言うと、近くで薪を運んでいた男性が「じゃあ俺が！」と言って割り込んできた。

「た、隊長!?」

その男性を見て、女性団員の一人が驚きの声を上げる。

なんと、男性は隊長を務めているらしい。見れば彼の制服には、階級章やら勲章《くんしょう》やらがじゃらじゃらとついていた。

先程ラインハルトから「階級は関係なくこき使っていい」と言われたので、リサは迷うことなく彼にも加わってもらうことにする。

「では、お願いします」

隊長の参加をあっさり認めたリサに、さっきの女性団員が戸惑った様子で「ええ!?」と声を上げた。

男女ペアで三グループに分かれてもらい、さっそく調理に移る。

道具や材料が入っている木箱を並べて調理台代わりにし、材料を切っていくことにした。

まずは野菜の下準備からだ。

麦のスープには、ニオルという玉ねぎに似た野菜と、パニップという赤紫色の人参のような野菜を使う。まずはそれらの皮をむき、粗《あら》めのみじん切りにしていく。

ミネストローネには、同様に処理したニオルとパニップの他、ムム芋というジャガイモによく似た芋も細かく切って使う。さらに、トマトに似たマローを賽《さい》の目切りにしてもらった。

スープカレーには、マロー以外のすべての野菜を使うので、それぞれ大きめに切っておく。それと乾燥した豆をザッと洗い、水に浸《つ》けておいた。

「リサ嬢、肉の処理はどうしますか?」

野菜を切り終えた男性団員がリサに尋ねた。

「食べやすい大きさに、そぎ切りにしておいてください。その後、水に浸《ひた》しておいてほしいです」

「わかりました」

この五人は普段から料理を担当しているのか、包丁の使い方はお手のもののようだ。ヴィルナの時と違ってハラハラする必要もなく、リサはほっとしていた。

途中で参加した隊長の男性も、包丁さばきに関しては問題なさそうだ。

彼らが順調に具材を切っていく中、石のかまどの方も着々と出来上がりつつあった。高さを揃《そろ》えた複数の石をコの字型に組み、ぐらつくところは土を接着剤のように詰めて固定する。リサはそれを四つ作ってほしいとラインハルトにお願いしていた。

こういった作業は普段からしているらしく、団員たちは手馴れた様子でかまどを作っている。その近くには薪《たきぎ》になりそうな小枝が積まれていた。

リサは最初に完成したかまどに近づき、鍋を置いてみる。しっかり置けることを確認すると、さっそく火を起こしてもらうことにした。

傍《そば》にいる男性の団員にお願いしてみたら、彼は快《こころよ》く承諾してくれた。小枝をかまどに置き、乾燥した藁《わら》のような植物を薪の下の方へと差し込むと、何やら見慣れない道具を取り出す。手のひらよりも小さい箱型の道具だ。

「それはなんですか？」

興味を持ったリサは、男性団員の手元を覗く。

すると、彼は「ああ」と頷《うなず》いた。

「これは着火用の魔術具ですよ。何かあった時のために、遠征時には全員が携帯することになっているんです」

「へぇ〜」

リサは彼の話を聞いて感心した。きっと料理のことを除けば、騎士団員たちは一人一人がアウトドアのスペシャリストなのだろう。

男性団員はリサの質問に答えた後、着火用の魔術具を操《あやつ》り始めた。

リサは元の世界で使っていたライターみたいなものかと思っていたのだが、着火の仕方はだいぶ違うらしい。

男性団員は、魔術具の端《はし》にあるでっぱりを引き出し、反対側を乾燥した植物に押し当てる。そして、でっぱりを箱の中に勢いよく押し込んだ。

それを何度か繰り返すと、チリチリという小さな音と共に、白い煙が上がる。

リサが「おお！」と声を上げた直後、藁に似た植物に火がついた。

男性がその植物の端っこを掴《つか》み、薪の中へ押し込む。すると火が小枝から小枝へと燃てきて、それぞれ火を起こし始めた。

他のかまどにも火を入れていいかと問われ、リサは頷《うなず》く。すると、数人の団員が集まっ
「わかりました」

「初めは強火でお願いします」

「これで大丈夫ですね。火の大きさはどうしますか？」

え移っていった。


かまどの準備が出来たところで、調理の方も佳境に入る。

リサは調理担当の六人とジークを連れて、かまどの周りに集まった。

「まずは、時間がかかるスープカレーから始めますね」

リサがそう言うと、スープカレーを担当している二名が前に出てきた。

彼らは火がついたかまどに大きな両手鍋を置き、油をひく。

カフェで使っているのは、リンツという実から採れる植物性の油だ。だが、今回はラードを使用することにしている。液体のリンツ油よりも固形のラードの方が、持ち運びに適しているからだ。

鍋の中のラードが溶けて液状になったところで、玉ねぎに似たニオルを投入する。二名の団員がそれを木べらで炒めていく。

　二人とも火の傍《そば》にいるからか、少し肌寒い日であるにもかかわらず、額《ひたい》にうっすらと汗をかいていた。

「ニオルがしんなりしてきたら、パニップとムム芋を入れて炒めてください」

　リサの言葉を聞いた男性団員は、野菜を炒めるのを女性団員に任せ、調理台の方へ向かう。人参に似たパニップとムム芋は他の具材に比べて重いため、男性である彼が運ぶ役を買って出たようだ。

　ニオルから水分が抜けてしんなりし、きつね色になったところで、男性団員がパニップとムム芋を鍋に投入する。

　具材が一気に増えてかき混ぜるのにも力が要るため、木べらは男性団員の手に渡った。

　さすがは騎士団員だけあって、体力に関しては並の料理人よりも勝っているらしく、彼は重さのかかる木べらを難なく操《あやつ》り、具材を炒め始めた。

　リサはその姿に安心して、次のステップへと進むことにした。

「次はこの香辛料を入れます」

　そう言ってリサが取り出したのは、銀色の缶だ。

　ゆっくりと蓋《ふた》を開けると、中からは複雑に混じり合った香りがふわりと舞い上がる。

「なんですか？　これ……」

スープカレーを担当している女性団員が、嗅《か》ぎ慣れない匂いに妙な顔をした。

「これはスープカレーに使う香辛料です。数種類のスパイスを混ぜています」

これは予《かね》てからリサが探し集めていた香辛料を、試行錯誤《しこうさくご》して組み合わせたものだ。

「へぇ〜」とか「これが」などと言いながら、団員たちが缶を覗く。

リサはなんだか感慨深い気持ちになった。

実は、このカレースパイスが完成するまでには、途方もない苦労があったのだ。

第十五章　無性に食べたくなる時ってありますよね？

「あー！　カレーが食べたいー!!」

リサがそう叫んだのは、彼女がフェリフォミア王国にやってきてまだ一年も経たない頃だった。

外国発祥《はっしょう》の料理でありながら、カレーは日本人にとって、とても馴染《なじ》み深い料理だ。

食卓にのぼる頻度《ひんど》がカレーほど高い料理は、そうそうないだろう。

突然カレーを食べたい衝動に駆られて叫んだリサに、精霊のバジルは首を傾げた。

「マスター、かれぇ？　ってなんですか？　お菓子ですか？」

　リサが作るお菓子や料理にすっかり魅了されてしまったバジルは、彼女の料理の腕に全幅《ぜんぷく》の信頼を寄せている。

　その時も、「食べたい」という単語からカレーが料理名であることを察したようで、期待に目を輝かせていた。

　食事をしなくても生きていけるはずの精霊が、いつの間にかすっかり食いしん坊になっている。そう思って小さく笑うと、リサはカレーがどんな料理であるかを説明した。

「カレーはね、肉や野菜を色々な香辛料で煮込んだ辛い料理だよ」

「え？　辛い料理ですか!?」

　リサの言葉が予想外だったのか、バジルは目を丸くした後、うーんと唸《うな》って眉を寄せる。

　その可愛らしいリアクションに、リサはまた笑みを誘われた。

「辛いと言ってもそれだけじゃなくて、甘みや旨《うま》みもある奥深い料理なんだよ。色は違うけど、見た目はシチューに似てるかな？　それをご飯にかけたりパンにつけたりして食べると、もう最高においしいんだから!!」

　そう力説していると、リサの頭の中にカレーの姿がありありと浮かび上がってきた。

　――実家のカレー、大きめに切った人参やジャガイモがゴロゴロ入ってて、おいしかったなぁ。会社の近くのインドカレー屋さんで食べたチキンカレーも忘れがたい!!

次々と浮かんでくる思い出のカレーたち。リサの口の中にどんどんヨダレが出てきた。

「……作れないかな？　カレー」

ぼそっと呟《つぶや》いた言葉は、リサの心に波紋を広げていく。

「いや、作ろう！　うん」

自分に言い聞かせるように言うと、リサはうんうんと頷《うなず》いた。

リサが作らなければ、この世界でカレーを食べる機会は一生ないだろう。

そう、自分でやるしかないのだ。

何より、リサの体はカレーを求めている。この欲求はカレーを食べるまで消えないと思う。

「頼みの綱はバジルちゃん、あなたよ！」

リサは、宙に浮いているバジルの体をがしっと掴《つか》んだ。

突然のことに驚き、バジルは「ふぎゃ！」と奇声を発する。

目を白黒させているバジルに、リサは懇願《こんがん》した。

「香辛料に使えそうな植物を教えて！」

あまりに必死すぎて、リサの目はギラギラしていたのだろう。普段ならリサに頼られると嬉しそうにするのに、バジルは珍しく顔を引きつらせた。

やる気充分のリサだったが、カレー作りは思った以上に難しかった。

なぜなら、カレーに使える香辛料がなかなか見つからなかったからだ。

リサがこの世界にやってくるまで、この世界では調味料といえば砂糖と塩、コショウくらいしか使われていなかった。コショウ以外の香辛料など皆無《かいむ》だったのである。

さすがのリサも、香辛料に関してはあまり詳しくない。そもそも粉や粒状になったものしか目にしたことがなく、元の世界で使われていた香辛料がどんな植物から採れるのかすら知らなかったのだ。

見た目はほぼパプリカだが、味は唐辛子に似ているペルテンという野菜。フェリフォミア名物の花茶にブレンドして使われるシナモンっぽいもの。そしてタイムとセージにそれぞれ似たものは見つけることが出来たが、そこで香辛料探しは壁に突き当たってしまった。

その時点で、リサがカレーを作ろうと思い立ってから半年もかかっていた。

カレースパイスが完成するのは、何年先になるだろうか……とリサが半《なか》ば諦めかけていた時、意外なところでヒントが見つかることになる。

それは、リサの養父であるギルフォードが深夜に帰宅した日のこと。

自室にいたリサは玄関のドアが開く音を聞いて、既に寝てしまった養母アナスタシアの代わりに様子を見に行った。

「あ～。リサちゃーん、たっだいま～」

ギルフォードはリビングのソファにだらしなく座り、やたら陽気な口調で言った。

こんな夜中に元気だな……と思ったリサだが、あたりにお酒のにおいが漂《ただよ》っていることに気付いて苦笑する。

そう、ギルフォードは酔っぱらっていたのである。

髪はすっかり乱れ、衣服の襟元《えりもと》がだらしなく緩《ゆる》み、朝はしていたはずのクラバットもない。

「ギルさん、どれだけ飲んだんですか？」

リサが若干呆れつつ尋ねると、思わぬところから答えが返ってきた。

「旦那様の直属の部下がご結婚なさるらしく、これはおめでたいということで、珍しく酔うまで飲まれたようです」

そう答えたのは、執事長のレイドだった。

彼は困ったように微笑み、ギルフォードが脱いだ上着をたたんでいる。

「男には男の付き合いというものがありますからなぁ。たまにはこのようなことも――」

レイドの言葉は、誰かのわざとらしい咳払いによって遮《さえぎ》られた。

「旦那様にお水とお茶をお持ちしましたよ」

どこか刺々《とげとげ》しい口調で言いながら部屋に入ってきたのは、侍女長のマリーだ。

その途端、レイドが一瞬ばつの悪そうな表情になったのを、リサは見逃さなかった。

もしかしたら、レイドも『男の付き合い』とかいうもので羽目を外した覚えがあるのかもしれない。

「まったく、次の日が辛くなるのは目に見えているというのに……」

ため息を吐《つ》いた後、マリーはギルフォードの前のテーブルに、水の入ったグラスとティーカップを置いた。

そして、半分眠りかけているギルフォードの体を揺する。

「旦那様。眠る前に、せめてクルディ茶だけでもお飲みくださいませ！」

「クルディ茶？」

リサは聞きなれないお茶の名前に首を傾げた。

すると、マリーがティーカップの中身を見せてくれる。

「ご覧になるのは初めてでしたかね？」

「うわっ！　なんですか、このドギツイ色は……」

リサはティーカップを覗いて顔を顰《しか》めた。

なぜなら、中には濁《にご》った黄土色の液体が入っていたからである。これは飲むのに勇気が要りそうだ。

すっかり引いているリサの様子に苦笑しながら、マリーが説明する。

「見た目はこうですが、二日酔いを防ぐ効果は抜群なのですよ？　私も詳しくはわかりませんけれど、お酒が早く体から抜けるそうです」

「へぇ～」

リサはマリーの説明を聞いて、ウコンのようなものかな？　と考えた。

そこで、ハタと気付く。

――あれ？　ウコンって……

ウコンは和名で、英名はターメリック。

そう、カレーには必ずと言っていいほど使われているスパイスの名前だ。

「マリーさん、そのお茶の材料ってなんですか!?」

今にも掴《つか》みかからんばかりの勢いで迫るリサに、マリーは瞠目《どうもく》した。

マリーとレイドによれば、お茶の材料はクルディという植物らしい。

独特の歪《いびつ》な形をした根茎は、薄茶色の皮をむくと、中は濃い黄色をしているという。

二日酔いになりそうな時や、なってしまった時に、煎《せん》じて飲むことが多いそうだ。

それを聞いたリサは、もしかしたらクルディのような民間療法に使われる植物の中には、香辛料として使えるものが他にもあるかもしれないと思い至った。

そしてリサの目論見《もくろみ》通り、薬として使われている植物の中には、カレーに使われる香辛料に似たものがたくさんあったのである。

おかげで、どうにかカレーが作れるくらいのスパイスを集めることが出来た。

しかし、それだけでは終わらないのがカレーという料理の難しさだ。

香辛料の配合の仕方は無限であり、配合が変われば味も変わる。元の世界では市販のカレールーを使っていたリサにとって、納得のいく配合を見つけるのは容易ではない。

一体、何度試作を繰り返したことだろう。しまいには、食いしん坊のバジルにも試食を拒否されるほどだった。

クルディを見つけてから、さらに一年後。ようやく、どうにか納得のいくカレースパイスを作ることが出来たのである。

第十六章　味の決め手はダシにあります。

騎士団員たちがカレースパイスの入った缶を覗いたり、匂いを嗅《か》いだりしている間、リサは苦労の日々を感慨深く振り返っていた。

長い月日をかけて集めたスパイスで、ようやく作れるようになったカレー。だが、実はまだカフェのメニューには入れていない。

なぜならカフェのメンバーに試食してもらったところ、反対されてしまったからだ。

もちろん、味に関しては全く問題ない。

しかし、如何《いかん》せん見た目が問題だった。

初めてカレーを見たカフェのメンバーは、「これ、本当に食べ物なんですか!?」と口を揃《そろ》えてリサに聞いてきたのだ。

今までは初めて見る料理でも躊躇《ちゅうちょ》なく食べてくれたので、カレーに関しても同様だろうとリサは思っていた。だから、思わぬ反応に戸惑ってしまったのである。

実際に試食してもらったら、味は好評だった。だが、やはり見た目がどうしても気になるということだったので、メニューに入れるのは見送っている。以来、カレースパイスはピラフや炒め物の隠し味に使う程度だった。

それならなぜ今回スープカレーを作ることにしたのかといえば、騎士団の人たちならば勇気を出して食べてくれるかもしれないと期待したからだ。

たとえ見た目は気に入ってもらえなくても、味に関しては自信がある。初めの一口を食べてもらえれば、カレーのおいしさは伝わるはず。特に訓練中で限られた環境の中ならば、見た目に頓着《とんちゃく》せずおいしく食べてくれるに違いない。

これをきっかけに多くの人にそのおいしさを知ってもらうことで、カレーのよさが口コミで広がればありがたい。

それが、今回の料理指導の隠された目的であった。

騎士団員たちがなおもカレースパイスを観察している間に、リサは具材を炒めている男性団員の様子を窺《うかが》う。

鍋の中を覗くと、後から入れた根菜にもしっかり火が通っているようだった。

そこに豆を入れ、ザッとかき混ぜてもらったあと、リサは次の工程へと進む。

「このあたりで香辛料を入れていきます。今日は二十人前なので、大体このくらいかな……」

そう言って、リサはスパイスの入った缶を思いっきり傾けた。

粉状のスパイスが、鍋の中の具材にザーッと降り注ぐ。

するとリサの行動を見ていた騎士団員たちが、一斉にぎょっとした。

「ちょ、ちょ、ちょ、ちょっと入れすぎじゃないですか!?」

彼らの目は鍋とリサの顔の間を行ったり来たりしている。

団員たちの反応が予想通りだったので、リサは苦笑した。

「大丈夫です！　こういう料理ですから」

リサにそう言われたら、団員たちは黙るしかない。料理の完成形を知らない彼らは、ただリサを信じて作るだけなのだ。

スープカレー担当の男性団員も唖然としていたが、リサに促《うなが》されて再び木べらを動かし始めた。

スパイスが温められたことで、香ばしい匂いが周囲に立ち込める。数種類の香辛料が複雑に混ざりあったその香りは、違う世界においても人々の食欲をいたく刺激するようで、周囲で作業をしていた団員たちも鍋の周りに集まり始めた。

興味深そうに鍋を覗き込む団員たちを微笑ましく思いながら、リサは次の作業に移る。

「万遍《まんべん》なく混ざったら、最後に干し肉を加えましょう。スパイスを入れた後は焦げやすいので、しっかり混ぜていてくださいね」

リサの言葉を聞いて、一人の男性団員が、干し肉が入っている鍋を取りに向かった。

その気の利いた行動をありがたいと思いながら、リサは彼の背中を見守る。

だが次の瞬間、驚きに目を見開いた。

干し肉が入った鍋を持ち上げた団員は、離れたところに置いてある樽《たる》に向かって歩き出した。

嫌な予感をひしひしと感じていたリサの目の前で、男性団員は鍋の蓋《ふた》を少しずらし、樽《たる》の上で傾け始めたのである。

「ちょ、待っ！」

リサは焦るあまりまともな声を出せず、彼には届かない。

その上、男性団員との間には数メートルの距離があり、止めに入るのも間に合わなそうだった。

心の中で「やめてー!!」と叫びながら、リサは彼に向かって手を伸ばす。

もうダメかと思った瞬間、一陣の風がリサの頬を掠めた。

「任せてくださいマスター!!」

風の正体は、精霊のバジルだった。

彼女はリサの肩から飛び立ち、鍋を傾けている男性団員に向けて魔術を放つ。

ヒュオンッという音と共に、地面から風が舞い上がり、傾いた鍋を掬《すく》い上げた。

「うわぁっ!!」

男性団員は驚き、鍋から咄嗟《とっさ》に手を離す。

彼の手を離れた鍋は、ふわりと宙に浮かび上がり、元あった場所にそっと着地した。

それを見たリサは、詰めていた息をほっと吐き出す。

「……よかったー。ありがとうバジルちゃん。おかげで助かったよ」

リサは胸を押さえて、宙に浮かぶバジルを見上げる。

「マスターのお役に立てて嬉しいです！　バジルにとって、このくらいちょちょいのちょいですからね!!」

バジルは胸を張り、得意げに言った。

「うん、頼りにしてるよ」

リサはバジルから、驚きに目を見開いたままでいる男性団員に視線を移す。

何が起こったのかわからず「え、え!?」と混乱している彼に、リサは優しく微笑んだ。

「驚かせてしまってごめんなさい。干し肉を浸《つ》けていた水を、捨ててくださるおつもりだったんですね」

まだ状況が把握できていないらしい男性団員は、リサの問いにコクリと頷《うなず》く。

その顔は、なぜわざわざそんなことを聞くのかとでも言いたげだ。

リサは他の団員にも聞こえるように事情を説明した。

「きちんと指示しなかった私のミスでした。ごめんなさい。干し肉はもちろんですが、それを浸けておいた水も、カレー作りにおいてはとても重要なんですよ」

その言葉に、団員たちが「え!?」と驚きの声を上げた。

ここから先は作業をしながら説明しようと考え、リサは干し肉を水ごと鍋に入れるように指示を出す。

男性団員が干し肉入りの水を鍋に注ぐと、ジュッという音がした。

水に浸《ひた》った具材を軽く混ぜてもらうとスパイスが溶け出し、水が薄茶色に濁《にご》る。

ひとまず鍋の中身が焦げる心配はなくなったところで、リサは説明を再開した。

「さっきの話の続きですが、今鍋に加えた水には、干し肉の旨《うま》みがたくさん溶け出しています。また、塩分も溶け出しているので、調味料の節約にもなるんですよ。というわけで、捨ててしまうのはとてももったいないことなんです」

そう言ってリサが団員たちを見回すと、全員が納得した様子で頷いていた。

わかってもらえたことに安堵しつつ、リサは自分の説明不足を反省し、もっと気を引き締めてかかることにした。

リサの料理指導を何度も受けている王宮の料理人たちと違い、団員たちは全員が初めてリサの指導を受ける。

食材の扱い方や調理方法など、リサにとっては当たり前のことでも、彼らにはそうではないことがあるのだ。それを念頭に置いて教えていかなければならない。

「しばらく煮込んで、味を調《ととの》えたら完成です。では、次の料理に進みましょう」

かまどの火加減は、手の空いている団員たちに見ておいてもらうことにして、リサたちは次の料理の作業に移った。

「次はミネストローネを作ります。まずはスープカレーと同じように、具材を炒めていきます」

ミネストローネを担当する女性団員が鍋にラードを溶かし、みじん切りにしたニオル、パニップ、ムム芋を入れ、木べらで炒めていく。

「野菜がしんなりしてきたらマローを入れて、潰しながら混ぜてください」

赤く熟したマローに熱が加わり、どんどん柔らかくなっていく。

マローがある程度潰れたところで、カレーと同様、干し肉を水ごと加える。

「重いので、気を付けてくださいね」

　リサが鍋を抱えている男性団員に言うと、彼は頷《うなず》き、慎重に水を加えていった。

　このまましばらく煮込まなければならないので、その間に次の料理の作業をしておいた方がいいだろう。

　リサは団員たちにそう話して、最後の料理である麦のミルクスープの指導に入った。

「先程の二つと同様に、野菜から炒めていきます」

　ラードを溶かした鍋にみじん切りのニオルとパニップを入れ、火が通るまで炒めていく。

「次に麦を入れて、表面がこんがりするくらい炒めます」

　洗って水気を切っておいた麦を加え、さらに炒める。

　先に調理した二つの料理とはまた違う鍋の中身を、団員たちは興味深そうに覗き込んでいた。

「ここに干し肉を浸《つ》けておいた水を入れ、さらにミルクを入れて煮込みます」

　しばらく煮込んで具材に火が通ったら、塩コショウで味を調えれば完成だ。

　ようやく手が空いたので、リサはふうと息を吐く。

　ふと周りを見回すと、周囲にはだいぶ人が増えていた。多くの団員たちが、料理のいい匂いに誘われて集まってきたようだ。

リサは彼らに、あることをやってもらおうと考えた。

調理の方はジークに任せ、ラインハルトに声をかける。

「ラインハルトくん、ちょっといいかな?」

「お、なんだ?」

ふざけ合っている若い団員たちを注意していたラインハルトが、リサの方を振り返る。

「あのさ、このくらいの長さの木の棒を、三十本くらい作ってもらいたいんだ。出来るだけまっすぐにして、木の皮はナイフで綺麗に削ってほしいの」

リサが両手で四十センチほどの長さを示すと、ラインハルトは快《こころよ》く引き受けてくれた。

「おーい、暇なやつは手伝え~」

そう言って、団員たちを半強制的に森の方へ連れて行く。

不満そうに「ええ~」と言う男性団員の尻に蹴りを入れるラインハルトを見て、リサは「容赦ないなぁ」と苦笑した。

そして、彼らが戻ってくる前に下準備をしておこうと、木箱の上に食材を並べ始める。

「何をしてるんだ?」

リサが何かをやり始めたことに気付いたジークが、尋ねてきた。

料理担当の団員たちも、リサを不思議そうに見ている。

「時間もあることだし、パンを作ろうと思って」

リサが発した言葉に、団員たちは驚きの声を上げた。

「え？　ここでですか!?」

フェリフォミアの人たちは、パンは店で買うものと思っている。今回、リサが実際の遠征を想定して持ってきている乾燥パンも、パン屋から仕入れたものだ。

しかし、野外でも作ろうと思えば充分作れるのである。

それなりに手間がかかるので、毎回作るのは大変だと思う。調理する時間がない時は、従来の乾燥パンが重宝《ちょうほう》されるだろう。

だが、作り方を知っていて損はないはずだ。

一人で全員分の生地を作るのは大変なので、リサは生地作りを手伝ってくれないかと、調理担当の団員たちに呼びかけた。

すると、やりたいという団員が四人いたため、彼らと一緒に作り始める。

「ボウルに小麦粉、膨《ふく》らし粉、砂糖、それと塩少々を入れて混ぜ合わせます。そこに水を加えて捏《こ》ねていくんです。水はいっぺんにではなく、様子を見ながら少しずつ加えた方がいいですよ」

捏ねていくと、だんだん生地にまとまりが出てくる。

「生地がある程度まとまって、べたつきがなくなったらそれで大丈夫です」

同時に作業をしていた他の四人も、問題なく生地作りを終えたようだ。

ちょうどそのタイミングで、ラインハルトたちが戻ってきた。

「リサさん、こんなもんでいいのか？」

ラインハルトは長さ四十センチほどの木の棒をリサに手渡した。

その棒を見て、リサは満足げに頷《うなず》く。

「うん、完璧です！」

木の棒はリサの注文通り、皮が綺麗に削られていた。少し凹凸《おうとつ》はあるものの、ほぼまっすぐなものばかりだ。

リサはラインハルトから受け取った棒を、ひとまず木箱の上に置いた。

そして、先程作った生地をおおまかに三分割する。そのうちの一つを手に取り、両手をすり合わせるようにして細長く伸ばした。

団員たちが見守る中、リサは伸ばした生地を木の棒に巻き付けていく。

先端を少し残して、ぐるぐると隙間《すきま》なく生地を巻き付けた。

「こんな感じで生地を巻き付けてください」

リサが見本として作ったそれを調理担当の四人に見せると、彼らは少し驚いた顔をしながらも、それぞれ作業を始める。

一方、それが何かわからない他の団員たちは、不思議そうに眺めていた。

「リサさん、それなんだ？」

ラインハルトが代表してリサに尋ねた。

「これはパンだよ」

「ええっ⁉」

普段目にするパンとは形が全く違うからか、団員たちが揃《そろ》って声を上げた。

「たぶん、乾燥パンよりはずっとおいしいと思うよ。……あ、皆さん、手が空いてるなら焼くのを手伝ってもらえますか？」

「お、俺たちが⁉」

再び驚いた声を上げる団員たち。だが、少しの沈黙のあと、そこら中から「やりたい」という声が聞こえてくる。

リサは手を上げてくれた五人の団員に、焼き方を説明し始めた。

「このかまどにのせられるだけのせて焼いていきましょう。真ん中の方は火が強いので、途中で端《はし》の方に置いているものと位置を交換してください」

四つ作ったかまどのうち、最後の一つを使ってパンを焼いていく。

すべてのパン生地をのせることは出来なかったため、手の空いている団員たちにお願いして、新たに火を起こしてもらうことにした。

かまどを作る時間はないので、適当に石で円を作ってもらい、その中に薪《たきぎ》をくべる。

薪に火をつけたら、その周りの土にパンの棒を挿《さ》していった。

火にあたっている側が焼けたら、ひっくり返して裏側も焼いていく。

ここまでくれば、すべての料理の完成まであとひといきだ。

それほど大きなトラブルもなく仕事を終えられそうで、リサはほっと胸を撫で下ろした。

第十七章　彼女の父は曲者《くせもの》です。

「うん、いい感じ！」

スープカレーを一口味見して、リサは笑みを浮かべた。

黄土色の液体を口にしたリサの姿に、調理担当の団員たちは好奇心を隠し切れないようで、うずうずし始める。

その様子を見たリサは、各々《おのおの》スプーンを持ってきて好きに味見していいと伝えた。

ここがカフェなら小皿に取って味見をするのだが、如何《いかん》せん野外なので、余計な洗い物を増やしたくない。だから、スプーンで味見をしてもらうことにしたのだ。

ウキウキと弾むような足取りで戻ってくる団員たちを、リサはニコニコしながら見つめる。

味見とつまみ食いは、料理を作った人の特権なのだ。

団員たちは、それぞれスープカレーを一口分掬《すく》う。ややおっかなびっくりスプーンを口に運んだ彼らは、途端に表情を変えた。

「うおぉ！　何これ⁉」

「想像してた味と全然違う！」

「結構濃い味だけど、ただ濃いだけじゃなくて、こう……」

「複雑っていうか、いろんな味が重なってるって感じだよな？」

「そうそう！」

六人は興奮した表情で、口々に感想を述べる。

「パンを浸《ひた》したり、ご飯にかけたりすると、もっとおいしいんですよ！　今回は洗い物のことも考えてスープ状のものを作りましたが、本当はもっととろみをつけた方が、ご飯やパンに絡みやすくなります。あと、チーズをかけたり、半熟の卵をのせたりしても、すごくおいしいですよ」

リサが自分の好きなカレーの食べ方を思い浮かべながら言うと、それを聞いた団員たちがゴクリと唾《つば》を呑んだ。

「お、おいしそう……」

「あの、もう一口だけでいいから味見を……」

「ヤバい、早く食べたい……」

ぶつぶつと呟《つぶや》く声が聞こえてきて、リサは苦笑した。

他のスープも味見しようとリサが言うと、団員たちは嬉々として頷《うなず》く。

リサはミネストローネとミルクスープの鍋の蓋《ふた》を開け、塩とコショウで味を調《ととの》える。

そして自分で味見をしてから団員たちに許可を出すと、彼らは待ってましたと言わんばかりに味見を始めた。

「うおー!! こっちもうめぇ~!!」

「マローをスープに入れると、こんなにおいしいのか！」

「ミルクスープもおいしい！　麦ってこんなにおいしいものだったの!?」

どうやら他のスープもお気に召したらしく、感激した様子の団員たちが、身悶《みもだ》えしながら味わっている。

ワイワイと楽しそうに味見をしていた六人は、周りの団員たちから羨望《せんぼう》の眼差しを向けられていることに気付いていなかった。いや、気付いているけれど、あえて知らないふりをしているのかもしれない。

あたりに漂《ただよ》ういい匂い。さらには味見をした団員たちの楽しそうな声が、周囲で見守る団員たちの食欲を刺激しているようだ。お腹の鳴る音や、ゴクリと喉を鳴らす音が、あちこちから聞こえてくる。

このままでは、彼らの忍耐力が限界を迎えるのも時間の問題だろう。

早く食べさせてあげたいと思い、リサは棒に巻き付けて焼いたパン――棒パンの出来具合を確認しに向かった。

既に焼き上がったものは火から遠ざけられ、残りの数個もあと数分で焼き上がりそうだった。

表面には見るからに香ばしい焼き色が付き、焼く前よりも幾分かふっくらしている。

リサに監督を頼まれたラインハルトが、パンを焼く団員たちの仕事ぶりに目を光らせていた。

目の前でふっくらと焼き上がり、おいしそうな匂いを醸《かも》し出している棒パンを見て、

「少しくらいなら……」と味見の誘惑に駆られる団員が多いようだ。

だが、そーっと手を伸ばしたが最後、ラインハルトに目ざとく発見されて叱られていた。

そんな団員たちが最後の一本を焼き終えたところで、リサはラインハルトに声をかける。

「監督ありがとう。すごく助かったよ」

リサに礼を言われたラインハルトは、呆れ顔でため息を吐《つ》いた。

「味見させないように監視するのが、これほど大変だとは思ってなかったよ。飢えたやつらの恐ろしさったらないな……」

ラインハルトの見つめる先には、焼き上がった棒パンが並べてあった。

その前には、ラインハルトよりも厳しいガードマン――ジークが立っており、わらわらと集まってくる団員たちを睨《にら》みつけている。

団員たちは見えないバリアを張るジークを、遠巻きに見ていることしか出来ないようだ。

とはいえ、ジークはただ突っ立っているわけではない。周囲に睨みをきかせながらも左手に手袋をはめ、焼き上がったばかりのパンを棒から外していた。

そんな中、リサはふとアルベルトの姿が見えないことに気付く。

あと数分で食事の準備が整うが、責任者である彼が不在のまま食べ始めるわけにはいかない。

「ラインハルトくん、アルベルトさんはどちらに？」

リサはキョロキョロと周囲を見回しながら、ラインハルトに聞いてみた。

「ああ、総団長ならお客さんを迎えに行ったぞ。なんでも急遽《きゅうきょ》、視察を希望している人がいるらしくて……。といっても二、三人みたいだから、もしその人たちに試食してもらうことになっても、料理が足りなくなることはないだろう」

ラインハルトの答えを聞いて、リサは頷《うなず》く。

「多めに作ったから、量は大丈夫だと思う。ただ、棒パンは足りないと思うから、何人かは乾燥パンを食べてもらうことになるけど」

「わかった。……あ、戻ってきたぞ」

ラインハルトの視線の先には、三名の男性を引き連れて戻ってくるアルベルトの姿があった。

彼はリサの視線に気付くと、そのまま近づいてくる。

「リサ嬢、料理の方はどうかね？」

「間もなく出来上がりますよ。そろそろ食事の準備に移ろうかというところです」

「それはよかった。では、その前に紹介しておこう」

そう言って、アルベルトは体を横にずらし、後ろにいた男性に場所を譲《ゆず》った。

アルベルトの後ろから出てきた男性を、リサは思わず仰《あお》ぎ見る。

そこそこ長身のアルベルトと並んでも、頭一つ分ほど背が高い。その上、体格もよかった。肩幅がかなり広く、腕と脚の太さはリサの数倍はあるだろう。

その男性が着ている服は、フェリフォミア騎士団の制服とは違っていた。

フェリフォミア騎士団の制服は、ボタンが縦二列に並んでいるナポレオンジャケットのようなデザインだ。それに対して、男性の服装は縦一列にボタンが並んでいる。

色もフェリフォミアのものは紺色の生地に白かゴールドのパイピングが入っているが、男性のものはカーキ色の生地に黒いパイピングが入っている。

いかにも軍人らしいその男性は、リサを観察するようにじっと見つめた。

「こちらは隣国ニーゲンシュトックの騎士団で総帥《そうすい》を務めておられる、ロディオン・エイゼンシュテイン殿だ」

隣国の騎士団の総帥!? と内心で驚愕《きょうがく》するリサ。

アルベルトに紹介された男性はニヤッと笑い、彼女に向かって手を差し出す。

「ロディオンだ。リサ嬢には、娘がいつもお世話になっていると聞いている」

リサは娘って誰だろうと思いながら、ロディオンの手の上に右手をのせて、軽く膝を曲げた。

「リサ・クロードです。よろしくお願いします。……失礼ながら、娘さん……とは？」

ニーゲンシュトック出身の知り合いなんていたかな？　とリサは小首を傾げる。

と、そこへ――

「父様⁉」

その声は、リサもよく知っているものだった。

「おお、ヴィルナよ。久しいな」

慌てて駆けてくるヴィルナに向かって、ロディオンは鷹揚《おうよう》に両手を広げた。

考えてみれば、ヴィルナとロディオンの髪の色は全く同じだ。切れ長の目元や鼻筋などもそっくりである。

「なんでこんなところにいるのよ‼」

憤《いきどお》るように言ったヴィルナに、ロディオンは平然と答える。

「なんでって、ニーゲンシュトック騎士団の総帥として視察に来たんだ。それにしてもヴィルナ、こんなに素敵なお嬢さんと知り合ったなら、父に教えてくれてもよかったのではないか？　ん？」

ロディオンは先程、「娘がお世話になっていると聞いている」と言っていたが、どうやらヴィルナ本人から聞いたわけではないらしい。

「うっさい！　それより、なんでリサさんと私が知り合いだって知ってるのよ!?」

リサが疑問に思っていたことを、ヴィルナがあっさり聞いてくれた。

「フェリフォミアへ来る直前、お前の兄から聞いたのだよ。お前からの手紙にそう書いてあったとな」

「兄さんめ……」

ぐぬぬ、と悔しそうに唸《うな》るヴィルナの姿に、リサは苦笑する。

傍《はた》から見ると完全に、娘に構いたい父と、反抗期な娘の図だ。

エイゼンシュテイン親子はその後も口喧嘩《くちげんか》を続けていたが、噛みついているのはヴィルナだけで、ロディオンは吠える娘を嬉しそうにあしらっていた。

しばらくすると、ロディオンの後ろからスラリとした男性が出てきた。彼もアルベルトと同様、あまり軍人には見えない体格をしている。むしろ文官と言われたら、その方が納得できそうな風貌である。

彼は娘と話すロディオンの肩に手をかけた。

「エイゼンシュテイン総帥《そうすい》、お嬢様で遊ぶのも大概になさいませ。フェリフォミア騎士団の方《かた》がお待ちですよ」

「おお、そうだったな！　すまないな」

そう言いつつも、ロディオンはまったく悪びれる様子もなく、がははと笑う。

あっけにとられるリサに、アルベルトがこっそり耳打ちした。ロディオンに話しかけた男性は、彼の副官だという。

ロディオンとのやり取りから察するに、参謀的な役割の人なのかもしれないとリサは思った。

エイゼンシュテイン親子のじゃれ合いが収束したところで、ロディオンは表情を変え、リサに向き直る。

娘を可愛がる父親から一転、騎士団のトップにふさわしい威厳のある姿だった。

鋭い眼光がリサに注がれる。

背筋が伸びるとはこういうことかと思いながら、リサはその視線を受け止めた。

「今回、我々がここへ来たのは、君の料理を我が国の騎士団にも取り入れたいと思っているからだ。もちろん、それを実現するにはこちらの騎士団や、関係機関と話し合わなければならない。しかし、何よりリサ・クロード殿、君から承諾を得ることが最も重要だ。もちろん謝礼は弾む。いかがかな？」

断るという選択肢を与えないような、自信のこもった声と表情だった。

リサは思わず怯《ひる》みそうになったが、お腹にぐっと力を入れ、ニッコリと微笑んでみせる。

「私の料理を高く評価していただき光栄です。しかし、実際に食べていただいてからの方がよろしいのではないでしょうか？　総帥《そうすい》様のお口には合わないかもしれませんし」

口に合わないかもしれないと言いながらも、自身に満ちた口調で話すリサに、ロディオンは片方の口角をつり上げた。

「そうだな。実際に味わってからでも遅くはない。お言葉に甘えて、お相伴《しょうばん》にあずかろうではないか」

ニーゲンシュトック騎士団に協力するかどうかに関して、リサは明言を避けた。そのことに少しほっとした様子で、アルベルトが口を開く。

「では、食事にするとしようか」

その一言によって、いよいよお待ちかねの試食が始まった。

第十八章　おかわりはご自由にどうぞ。

食欲を大いに刺激する匂いが漂《ただよ》う中、騎士団員たちがそわそわしながら、目当ての鍋の前に列を作っている。

手には、やや深さのある鉄製のお皿を持っていた。

「熱いので気を付けてください！」

それぞれの鍋の傍《そば》には調理を担当した団員が立ち、一人一人のお皿にスープをよそっていく。

リサはジークと二人で切り分けた棒パンを、団員たちに配っていた。数に限りがあるため、焼き上がって棒から外したパンをナイフで半分にしたのだ。

パンを配りながら、リサは鍋の前に並ぶ団員たちの動向を眺めていた。

リサの料理の味を自分の舌で確かめようと思ったらしいロディオンも、スープカレーの列の先頭に並んでいる。三つの鍋を覗いてみて、一番味が想像しにくいスープカレーを試食することにしたようだ。

先程、副官の男性が「私が取りに行きますから」という声が聞こえたが、ロディオンは自分で取りにいくことにしたらしい。

呆れ顔でため息をこぼす副官を全く気にすることなく、意気揚々《ようよう》とスープカレーの前へやってきたロディオンに、調理を担当した女性団員が顔を引きつらせる。びくびくしながら震える手でスープカレーをよそう彼女に、リサは同情した。

他にも何人かの団員がスープカレーの前に並んでいたが、リサが事前に予想していた通り、ミネストローネとミルクスープが人気だった。やはりカレーはこの世界の人たちにとって、ハードルが高いらしい。

やがて全員にパンとスープが行き渡ったところで、それぞれ好きな場所に座って食べ始める。

リサもスープカレーを食べることにした。

さっき味見はしたものの、具材と一緒に食べると、また違う味わいがある。

飴色になるまでしっかり炒めたことにより、甘みが引き出されたニオル。やや硬めで歯ごたえのあるパニップ。口の中でほろほろと崩れるムト芋。

歯で皮を破ると中身が飛び出す豆は、滑《なめ》らかな舌触りでとてもおいしい。

水に浸《つ》けて柔らかくした干し肉は、出汁《だし》としても具としてもいい存在感を出していた。

そのままだと硬くて食べにくいが、しっかり煮込んだことで、容易に噛み切れる柔らかさになっている。

　肝心のスパイスの配合もばっちりだった。

　騎士団員たちにとっては初めてのカレーということもあり、辛さは控えめにしてある。少しピリッとする程度で、香り豊かなスパイスが肉と野菜の甘みや旨《うま》みを、たっぷりと引き出していた。

　リサがスープカレーの出来栄《できば》えに満足していると、ロディオンの声が聞こえてきた。

「おお！　うまい」

　スープをスプーンで次々と口に運び、時折パンに勢いよく齧《かじ》りついている様子が、少し離れたところに座るリサからもばっちり見えた。

　ちゃんと味わっているのかどうか怪しく思えるほど、ロディオンの食べるスピードは速い。

　ただ、それは他の団員も同じだった。

「マジでおいしいぞ！」

「麦ってこんな味だったか⁉」

「次の遠征では、これが食べられるんだろ？　俺、参加希望を出そうかな」

団員たちが感想を口々に話しているので、ざわざわと騒がしい。

そんな中、スープを最後まで飲み干したロディオンが立ち上がる。

それを見たリサは、座っていた木箱の上にお皿を置き、スープカレーの鍋が置いてあるかまどの方へ向かった。

既にかまどの火は消してあるが、鍋はまだ充分に温かい。

その鍋の前に立つと、リサはロディオンに笑顔を向けた。

すると、ロディオンがリサに向かって空《から》になったお皿を差し出してくる。

「このスープカレーとやらをおかわりだ！」

迷いなく告げるロディオンに、リサは笑顔のまま首を傾げてみせた。

「他のスープは食べてみなくてよろしいのですか？　ミネストローネにはマローの酸味と干し肉の旨《うま》みが溶け出していておいしいですし、麦のミルクスープはミルクの甘みに野菜の甘みも加わって、優しい味わいになっていますよ。麦が入っているので、食べ応《ごた》えも充分です」

リサが他の二つのスープのよさをアピールすると、ロディオンは難しい顔で迷い始めた。

「むむむ……。で、ではミネストローネというものを食べてみるとするか」

悩みに悩んだ末、ロディオンはそう結論を出した。

彼からお皿を受け取ろうとしたリサは、ふと手を止める。

「総帥様《そうすい》、出来れば最後まで食べていただけたら幸いです」

「ん？　最後まで食べているではないか」

リサの言葉の意味がわからないらしく、ロディオンは眉を寄せた。

「最後までというのは、こういうことですよ」

リサは、かまどの近くにある木箱の上に手を伸ばす。そこにまだ少し残っていた棒パンを手に取ると、お皿についたスープカレーを拭き取るようにこすりつけた。スプーンでは掬《すく》い切れなかったスープカレーがパンに染み込み、お皿が綺麗になっていく。

リサはスープカレーが染みたパンをロディオンに渡した。

「こうすると料理を残さず食べられますし、洗い物の手間も省《はぶ》けます。騎士団の遠征中は、水は貴重なんですよね？」

リサの言葉に、一瞬あっけにとられていたロディオンは、がははっと大きく笑う。そして、リサから受け取ったパンにむしゃりと齧《かじ》りついた。

「いやはや、リサ嬢には恐れ入った。そうだとも、食料も水も戦場では貴重だ。余すところなく味わわねばならない。指揮官である私がそれを失念していたとは、参ったよ」

再び豪快に笑うと、ロディオンはまっすぐにリサを見た。

「リサ嬢。いや、リサ・クロード殿。我が国に来る気はないかね？」

その言葉にいち早く反応したのは、リサではなくジークとアルベルトだった。

二人は素早い動きでリサのもとへ近づき、ロディオンから庇《かば》うように前に立つ。

「おやおや、これは穏やかじゃないな……」

ロディオンは、そう言って肩を竦《すく》めた。

「エイゼンシュテイン総帥、約束が違うのではないですか？　今回は貴殿がどうしても料理指導を見学したいとおっしゃるので、あくまで視察だけならば、ということで特別にご案内させていただいた。それを我が国との交渉を飛び越して、リサ嬢をスカウトしようなどとは、あまりにも失礼ではないか？」

アルベルトが厳しい表情で言った。

彼の話から察するに、ロディオンが強引に頼み込んで視察に来たようだ。当初からロディオンたちが来ることが決まっていたのであれば、アルベルトはリサに事前に伝えていたはずである。

リサが隣に立つジークをちらりと見ると、彼の表情は硬く、緊張しているようだった。

緊迫した空気が流れる中、リサは深呼吸してから口を開く。

「私個人としては、ニーゲンシュトック騎士団に協力するに、やぶさかではありません。ですが、まずはフェリフォミアの王宮に話を通していただきたいのです。今のお話を聞いていますと、まだのように見受けられましたので」

リサが申し出を容赦なく突っぱねると、ロディオンは面白そうに笑う。気分を害した様子は少しもなかった。おそらく、リサの言葉は予想の範囲内だったのだろう。

「やれやれ、ここは大人しく引き下がって、ミネストローネとやらをいただくとするかな」

ロディオンは悪びれた様子もなく、リサからミネストローネの入ったお皿を受け取ると、元いた場所に戻っていった。

やれやれはこちらのセリフだと内心で思っていたリサに、アルベルトが気遣わしげに声をかけてくる。

「すまないね、リサ嬢。本来ならばこの視察のことも、我々から君に伝えておくべきだったんだが……ロディオン殿は、何かと性急すぎるのだよ」

アルベルトはそう言って、困ったように息を吐いた。

ロディオンと知り合って間もないものの、確かに慎重派には見えない。交渉に関しては、ロディオンよりも彼の副官の方が適任だろうとリサは感じた。

「いえ、少し驚きましたが大丈夫です。出来れば次回からは先に教えておいていただけると、心の準備が出来て助かりますが……」

リサが苦笑まじりに言うと、ジークも頷《うなず》いていた。

アルベルトはすまなそうに言う。

「本当にすまない。今日のことは急だったから、私もつい油断していた」

「まあ、おいしそうに食べてくださっているのは嬉しいです」

ちらりと視線をロディオンに向けると、副官の男性に何やら小言を言われながらも、まったく気にせずミネストローネを頬張《ほおば》っていた。

「そうだな。さて、私も他の料理をもらいに行かなければ。早くしないと、なくなってしまうからね」

アルベルトの言葉を聞いてリサが周りを見ると、ロディオンとのやり取りを遠巻きに見ていた団員たちが、かまどの前に列を作っていた。

リサは小さく笑うと、列の先頭に立つ男性団員のお皿におかわりをよそうのだった。

第十九章　友人からの助言です。

騎士団の野外料理指導は、無事終了となった。

多めに用意した三種類のスープとパンは、食欲旺盛《おうせい》な団員たちによって、ぺろりと平らげられてしまったのである。

ニーゲンシュトック騎士団の総帥《そうすい》であるロディオンも、リサの作った訓練食を大いに堪能《たんのう》していた。三種類のスープをすべて制覇《せいは》し、最後にはもっと食べたいと駄々をこねたほどだ。

副官とアルベルトに窘《たしな》められる彼の姿に、リサはただただ苦笑していた。

料理担当の騎士団員たちは、しっかり手順を覚えたようで、騎士団の宿舎に戻ってからも練習のために何度か作ってみると言っていた。

カレースパイスに関しては、アシュリー商会を通じて販売することになるだろう。しばらくは騎士団にしか需要がなさそうだが……

そんなこんなで、今は空《から》になった鍋を洗ったり、かまどの火の後始末をしたりなど、撤収作業を行っている最中である。

元騎士団員であるジークも団員たちに交ざり、後片付けに勤《いそ》しんでいた。

団員の中には、ジークが在籍していた頃の同僚や後輩が数人いて、ジークは片付けの合間に彼らから声をかけられては、思い出話をしている。

洗い終えた食器を木箱に詰めていたジークは、トントンと肩を叩かれた。

何かと思って顔を上げると、にんまりと笑うヴィルナの姿があった。

彼女の表情を見て、ジークは嫌な予感をひしひしと感じる。

「ねえ、今まで聞きそびれてたんだけどさ、前に街でばったり会ったじゃん？　あの時ジークが出てきた店って、宝石店だったよね。ってことは……」

肘でジークの脇腹をつつきながら、ヴィルナが目を輝かせている。

どう考えても面白がっているようにしか見えず、ジークはあの日の出来事をやり直したいと、心底思った。

思い起こせば、リサがジークとヴィルナの仲を怪しむようになったのも、あの日の出来事がきっかけだ。買い物を終えて店から出たジークは、その店の前でヴィルナとばったり会ったところを、リサに見られてしまったのである。

リサが珍しくやきもちを焼いてくれたのは、正直嬉しい。だが、その相手がよりにもよってヴィルナだというのは、どこか釈然としない。

呆れ顔でハァとため息を吐《つ》くジークに構わず、ヴィルナは続けた。

「やっぱり結婚するの⁉ っていうか、もうプロポーズした⁉」

好奇心に満ちた表情で詰め寄るヴィルナの頭を、ジークは乱暴に向こうへ押しやる。

ヴィルナが「あうっ‼」と悲鳴を上げたが、知ったことではない。

「……お前、まさかリサにばらしてないだろうな⁉」

ジークがじろりと睨《にら》みつけると、ヴィルナはムッとした顔で彼を睨み返した。

「言ってないわよ！ ……ラインハルトには、危うく言いかけたけど……」

「おい！」

「大丈夫！ 言ってないから！ それより、その様子だと、まだ伝えてないのね？」

「そんな暇はなかったんだ。誰かさんのせいでな」

「……あはは」

ジークが暗に責めると、ヴィルナは笑って誤魔化《ごまか》した。

今日の料理指導の発端《ほったん》は、ヴィルナと言っても過言ではない。ヴィルナ自身も、これほど大規模になるとは予想していなかっただろうが。

さらに、彼女も知らなかったとはいえ、ニーゲンシュトック騎士団の総帥《そうすい》を務める父親がやってきて、リサに絡んでいたのだ。

ばつが悪そうに視線を逸らすヴィルナに、ジークはやれやれと再びため息を吐く。そして木箱の蓋《ふた》を閉めて立ち上がった。

木箱を軽々と持ち上げたジークは、移動を開始する。

すると、ヴィルナも慌てて他の木箱を持ち、ジークの後を追った。

「ちょっと、話が逸れちゃったけど、いつ言うの？　っていうかいつ渡すの？」

すっかり話が終わったと思っていたジークは、蒸し返そうとするヴィルナに、嫌そうな視線を向ける。

「俺たちのことはともかく、お前はいいのか？　いつまでも婚約者を放っておいて」

思わぬ反撃に、ヴィルナはうっと言葉を詰まらせた。

ヴィルナは、ニーゲンシュトックに婚約者がいる。ヴィルナの実家は代々軍人を多く輩出《はいしゅつ》しているということもあり、父親が決めた相手も軍人らしい。

けれど、政略結婚というほど無理矢理ではなく、ヴィルナも相手もお互いを知って納得した上で婚約しているそうだ。

「心配してもらわなくても手紙のやり取りはしてるし、年に一回は帰省して会ってるから大丈夫です～」

ヴィルナはそう言って、フンと顔を逸らした。

ヴィルナは木箱を運びながら、ジークから言われたことについて考えていた。

本当は二十歳になったら騎士団を辞めてニーゲンシュトックに戻り、結婚する予定だったのだ。

しかし、ヴィルナはもう少し騎士団にいたいと婚約者に頼み込み、婚約期間を延長してもらったのである。

だが、もうそろそろ潮時だろう。

ニーゲンシュトックでは、女性は軍人にはなれないのだ。

昔、ニーゲンシュトックで大きな戦争があった。その時代は男女関係なく軍人がいたらしいのだが、戦争の被害が甚大《じんだい》で、多くの死傷者が出たという。

どうにか終戦を迎え、いざ復興ということになったが、思うように進まなかったそうだ。

なぜなら人口が大幅に減ってしまった上に、子供を産める女性が大勢亡くなったため、なかなか人口が増えなかったからである。

だから長い月日をかけて人口を増やし、ようやく復興をするに至ったという。

そういう経緯があるため、ニーゲンシュトックでは女性は軍人になれない。

しかし、軍人家系に生まれたヴィルナは、どうしても軍人になりたかった。

末っ子の彼女は甘やかされて育った分、好奇心も旺盛《おうせい》で、ダメだと言われるものに限って興味が尽きない。だから、多くの人の反対を押し切り、フェリフォミア王立総合魔術学院の騎士科に留学したのだった。

――もう少し、この国にいたかったんだけどな……

せっかくリサという友人も出来て、これからもっと仲良くなれそうなところなのだ。

何より、彼女のおいしい料理をもっと食べていたかった。

旧友であるジークと、リサの行く末も気になる。

自分がこの国にいられるのは、あと一年足らず。その間に、なんとしてでも二人の行く末を見届けたい。

その結論に至ったヴィルナは、前を歩くジークの膝裏に、蹴りを一発お見舞いした。

「痛っ!!　何をするんだ!?」

よろめきつつも、すぐ体勢を立て直したジークは、恨めしそうにヴィルナを睨《にら》む。

それにも構わず、ヴィルナはニカッと満面の笑みを浮かべた。

「リサさんのこと、逃がしちゃダメだよ!!」

ヴィルナの言葉に一瞬目を見開いたジークは、すぐにプイッと顔を逸らした。

「お前に言われなくても、逃がすつもりはない」

ぼそりと呟《つぶや》いたジークに、ヴィルナは笑みを深めた。

第二十章　思わぬ贈り物をいただきました。

ドアベルがカランと鳴り、新たな来客を知らせる。

「こんにちは！」

ニコニコと笑みを浮かべながら入ってきたのは、ヴィルナだった。

「いらっしゃい、ヴィルナさん」

カウンターの中にいたリサが、ヴィルナに声をかける。

ヴィルナと会うのは、騎士団への料理指導の日以来だった。

あれから数日が経つが、ヴィルナは料理指導に大きく関わった一人として、この数日間は忙しかったのだろう。

久々の来店を嬉しく思いながら、リサはヴィルナをカウンター席へ案内した。

カウンターで飲み物を用意していたリサに、ヴィルナがここ数日の出来事を話す。

なんでも一昨日、フェリフォミアとニーゲンシュトックの合同軍事訓練があったらしい。国同士の交流と、団員たちを刺激することを目的として、毎年行われているという。

しかし、今年は例年とは一味違ったようだ。

「その訓練で、リサさんが教えてくれた料理をみんなで食べることになったの。あの日、野外料理指導に参加した上官たちが張り切っちゃってね。他の団員たちもその話を聞いたみたいで、士気が異様に高くて……。もう、目の前にパニップを吊るされた軍馬みたいだったよ」

遠い目をして話すヴィルナに、リサは苦笑する。

おそらく一番やる気満々だったのは、ロディオンだったのではないか。リサはそんな想像をした。

「喜んでもらえたならよかったよ」

「ただ、調理担当はてんてこ舞いだったけどね」

そう言って肩を竦《すく》めてみせたヴィルナに、リサは「あー」と困った表情を浮かべる。

あの日以来、調理担当の団員たちは、リサに習った料理の練習を続けていると聞いた。当日参加できなかった団員への指導たちも、同時に行っているという。

そんな中、三つのスープの作り方を教えてほしいと、ニーゲンシュトック騎士団から熱烈な申し入れがあった。そして交渉の結果、リサが直接教えるのではなく、フェリフォミア騎士団の調理担当者たちが教えることになったのだ。

そのせいで、調理担当の団員たちはフェリフォミアの騎士団のみならず、ニーゲンシュトックの騎士団にまで料理指導をしなければならなくなったらしい。

それはもう忙しそうだと、ラインハルトがリサに教えてくれた。

「その合同訓練の時に、料理を教えることになったんだけど、準備からして大変だったみたい」

ヴィルナが同情するように、ハァと息を吐きながら言った。

「野外で作るとなると、色々準備が必要だからね。私も事前にジークやラインハルトくんと、入念に打ち合わせしたもん」

リサの言葉に、ヴィルナは頷《うなず》いた。

そして、「あっ」と何かを思い出したように声を上げると、持ってきていた鞄《かばん》をごそごそと漁《あさ》り出す。

何事かと思ってリサが見つめていたら、ヴィルナは鞄から手のひらほどの大きさの箱を取り出した。

「そういえば、これを預かってきたんだ」

ヴィルナが「はい」と言って、リサにその箱を手渡す。

「何？　これ」

「いいから開けてみて」

ヴィルナに促《うなが》され、リサは上蓋《うわぶた》を押し開けた。

ビロードに似た毛足の長い布の上に、金色のコインがちょこんと乗っている。

コインの表面には、紋章のような複雑な模様が彫られていた。

「これは？」

不思議そうに眺めるリサに、ヴィルナはにんまりと笑う。

「それはペンダントトップ。彫られているのは、ニーゲンシュトック皇家の紋章よ」

「……えぇー!?」

一瞬きょとんとしてからヴィルナの言葉を理解したリサは、思わず大声を上げた。

店内にいた客が、一斉にリサに注目する。

「し、失礼しました」

リサは慌てて謝ると、小さな声でヴィルナを問い詰めた。

「なになに!?　どういうこと!?」

いつになく動揺しているリサを見て、ヴィルナはおかしそうに笑いながら説明する。

ヴィルナが言うには、帰国したロディオンはすぐさま野外料理指導に関する報告をニーゲンシュトックの皇帝に伝えたらしい。

実はニーゲンシュトックは長い間、隣接する連合国家との諍《いさか》いが続いており、遠征中の食事情には前々から頭を悩ませていたそうだ。

そんな時、リサが伝授した三つの料理は、ニーゲンシュトックにとって一筋の光明だったらしい。

ヴィルナから渡されたペンダントトップは、その礼だという。

「これがあれば、ニーゲンシュトックにいつでも入国できるんだって」

「……そう」

ははは、と乾いた笑いを浮かべながら、リサは内心「使う場面はないだろうなぁ」と思った。

そのリサの考えを読み取ったのか、ヴィルナは肩を竦《すく》める。

「まあ、もらうだけもらってよ。父から絶対渡して来いって言われたからさ」

ロディオンがペンダントトップをヴィルナに無理やり押し付ける場面が想像できて、リサは小さく笑う。

「じゃあ、もらうだけもらっておくわ」

リサがそう言うと、ヴィルナはほっとしたように息を吐く。

肩の荷が下りたところで、彼女は注文したシークァのパイにフォークを伸ばした。

第二十一章　乗馬初体験です。

騎士団への料理指導にまつわる騒動が、ようやく落ち着いた。しばらく王都に滞在していたロディオンも、ニーゲンシュトックに帰国したという。

リサは相変わらずカフェの営業と、料理科の講師業に勤《いそ》しんでいた。

料理科の方は今年で二年目となり、大きな問題もなく順調に回っている。講師の人数を増やしたこともあって、リサとジークにかかる負担も減っていた。

初めは慣れない授業に戸惑ったり、たびたび小さなミスをしていた新任講師たちも、就任から数か月が過ぎてだいぶ慣れてきている。

今日も料理科での授業を終え、職員室に向かうリサに、生徒が挨拶《あいさつ》をしてくれた。

「リサ先生さようなら～」

「さようなら。気を付けて帰ってね」

リサは手を振って、友達と連れ立って帰る生徒を見送った。

賑《にぎ》やかに笑い合いながら歩いていく彼らの姿に、リサも自然と笑顔になる。

その時、また別の生徒が教室から飛び出してくるのが見えた。

それぞれ青、橙《だいだい》、藍色《あいいろ》をした三つの頭が、揃《そろ》ってリサの方へ向かってくる。

「リサ先生だ～」

橙色の髪をツインテールにした女の子がリサに気付き、嬉しそうに駆け寄ってきた。

その後ろを、青い髪の男の子と藍色の髪の男の子が歩いてくる。

彼らは全員、二年生の生徒だった。

橙色の髪をした女の子がアメリアで、青い髪の男の子がルトヴィアス。藍色の髪の男の子がハウルだ。

今年からリサの担当する授業が減ったため、彼らと顔を合わせる機会も少なくなった。

だが、アメリアとルトヴィアスは料理科に入る前からカフェ・おむすびによく来ていたこともあり、リサは何かと目をかけている。

「三人とも、今から帰るところ？」

リサは笑顔で三人に声をかける。

「そうなんです。これからカフェ・おむすびに行こうかって話してて」

アメリアが楽しそうに、これからの予定を話してくれた。

「明日は学院が休みだけど、カフェも定休日だから、今日のうちに行っておこうってね」

ルトヴィアスがアメリアの言葉に補足した。

今度はハウルが口を開く。

「リサ先生は明日の休日、何をするんですか？」

そのハウルの言葉に食いついたのは、リサではなくアメリアだった。

「もしかして、ジーク先生とデート⁉」

キラキラと目を輝かせてリサを見つめてくる。

どこの世界でも、女の子は恋バナが大好きなのだろう。

リサはそんなアメリアを見て、ふふっと笑う。そして、わざといたずらっぽく言った。

「まあね」

すると、アメリアはますます興味が湧いた様子で、ずいっと身を乗り出してくる。

「本当ですか⁉　どこに行くんです⁉」

「それは内緒！　さあ、遅くならないうちに帰りなさい。カフェが閉まっちゃうわよ～」

「ええ～‼」

やや強引に会話を打ち切ったリサに、アメリアは不満げな声を出した。

しかし、ルトヴィアスとハウルに窘《たしな》められ、渋々諦めたようだ。

「先生、さようなら～」

「さようなら、また明後日《あさって》ね」

一階に降りていく三人の背中を見送ると、リサは職員室に入った。

アメリアに言った通り、明日はジークと出かけるつもりだ。

ここ最近は何かと忙しく、休みの日もあまりゆっくり出来なかったので、久々に羽を伸ばす予定だった。

リサは職員室の自分の机に教科書を置くと、一つ伸びをしてから、「よし」と気合を入れる。

明日に備えて、今日の仕事をさっさと片付けようと机に向かった。

翌日、リサの住むクロード邸に、ジークが迎えにやってきた。

昼食の入ったバスケットを抱えて玄関を出たリサは、ジークの後ろに思わぬものを見つけて目を見開く。

「馬!?」

リサが驚いて声を上げると、ジークは隣に立つ栗色の馬を撫でた。

「今日行くところは駅馬車では行きにくいところだから、こいつに乗って行こうかと思って」

王都の街中には、駅馬車が走っている。馬車という名だが、実際に馬が牽《ひ》いているわけではなく、魔術の力で動いているのだ。

また、クロード家は馬車を何台か所有しており、リサもギルフォードやアナスタシアと一緒に乗ったことがある。

だが、馬に乗ったことは一度もない。元の世界ですら、馬をこれほど間近で見ることもなかった。

リサはおそるおそる馬に近づく。すると、馬の真っ黒でつぶらな瞳がリサに向けられた。

「名前はシャロン。騎士団時代からの相棒なんだ」

「シャロン？」

ジークから聞いた名前をリサが口に出すと、シャロンは彼女をじっと見つめた後、鼻を差し出した。

「リサのことを気に入ったみたいだよ」

ジークがシャロンの様子を見て小さく笑う。彼から試しに撫でてみるように言われたリサは、シャロンの鼻先にそっと手を伸ばした。

リサが滑《なめ》らかな毛並みをゆっくり撫でると、シャロンはうっとりした表情で目を瞑《つぶ》った。

シャロンが気を許してくれているとわかり、リサは嬉しくなる。

「でも、二人で乗っても大丈夫なの？」

リサは不安げにジークを見上げた。

「こいつは軍馬だから力が強くて丈夫だ。俺とリサを乗せるくらい、わけないよ」

ジークがそう言うと、それに同意するかのように、シャロンがブヒンッと鳴いた。

まるで任せろと言われているみたいで、リサはクスリと微笑む。

「よろしくね、シャロン」

そう言って、リサはシャロンの鼻筋をもう一度撫でた。

ジークはバスケットを鞍《くら》の横に括《くく》り付けると、リサの体を鞍の上まで持ち上げた。

リサはそのまま鞍の上に横座りする。ジークは鐙《あぶみ》に足をかけ、リサの後ろにひらりと飛び乗った。

「ジーク、私は跨《また》がらなくていいの？」

初めての乗馬体験に戸惑うリサに、ジークは微笑ましげな眼差しを向ける。

「リサはスカートだから、跨るのは無理だろ？　そこの突起に足をかけて」

リサはジークの指示通り、鞍の突起に右膝をかける。

すると、さっきより体勢が安定した。

それでもまだ不安なリサは、後ろに乗るジークを振り返る。

「大丈夫？　落ちない？」

「俺が支えてるから大丈夫。じゃあ、出発するぞ」

ジークがそう言って、シャロンの横腹をトンと蹴った。

その瞬間、シャロンが力強い足取りで歩き出す。

大きな振動が体に伝わってきて、リサは思わず「うわっ」と声を上げる。だが、手綱《たづな》を握るジークの腕が両脇にあるため、落ちる心配はなさそうだった。

パカパカという蹄《ひづめ》の音を鳴らしながら、シャロンは王都の街中をゆっくりと進んでいく。

高い目線で見る街並みは、普段とどこか違って見えた。

馬に二人乗りしている姿が珍しいのか、人々が視線を向けてくる。リサはなんだか面はゆい気持ちになった。

目指すは王都の外れにある高台だ。

二人を乗せたまま坂をのぼらせるのはシャロンの負担になるので、少し手前からは徒歩で行くことにした。

リサたちはシャロンの背から降り、土を踏み固めただけの道をしばらく歩く。

やがて頂上に辿り着くと、視界が一気に開けた。

「わぁ……すごい」

リサの口から感嘆の声が漏れる。

今立っている場所からは、王都の街並みが一望できた。

「少し遠いけど、ここならゆっくり出来るかと思って」

シャロンの背中から鞍《くら》とバスケットを外しながら、ジークが言った。

彼曰《いわ》く、ここは自然保護区に指定されているため、王都に近い場所であるにもかかわらず、自然がほぼ手つかずの状態で残されているらしい。

「よし、自由にしていいぞ」

シャロンの背中についていたものをすべて取り去ると、ジークはその背を軽く叩いて、優しく声をかけた。

シャロンはゆっくりとその場を離れ、もしゃもしゃと草を食《は》み始める。

のどかで微笑ましい光景に、リサは自然と笑みを浮かべた。

そして、持参した敷き物を平らな場所に敷くと、その上にジークと二人で座る。

「少し早いけど、お昼にする？」

「ああ、結構腹が空いてるしな」

「実は、私も」

慣れない乗馬をしたせいか、さっきから空腹感があった。ジークが支えてくれていたとはいえ、揺れる馬の上でバランスをとるのは、地味に体力を消費するようだ。

リサはバスケットを開けて、自宅で作ってきた昼食を敷き物の上に並べた。

今日はサンドイッチをメインに、簡単につまめるおかずを数品用意してある。

サンドイッチに使うパンは食パンではなく、デニッシュにした。

外はサクサク、中はふっくらのデニッシュに、ハムやチーズなどの具材を挟んである。

生地にバターがたっぷり使われたデニッシュは高カロリーなので、しょっちゅう食べると太ってしまうが、食パンよりぜいたくな気分が味わえる。

久々のデートということで、リサが生地から拵《こしら》えた力作だった。

おかずはブロッコリーに似たクレアラをベーコンで巻いたものや、お弁当の定番である卵焼き、小ぶりなマローの中身をくりぬいてチーズとハーブを詰めたカプレーゼなど。

すべて楊枝《ようじ》で刺して簡単に食べられる。

リサがホーローのポットに入れてきたお茶をカップに注ぐと、食べる準備が整った。

「いただきます」

ジークがリサに一言告げてから、サンドイッチに手を伸ばす。

「召し上がれ」

リサはそう言ってお茶を一口飲むと、自分もサンドイッチを手に取った。

男らしく大口を開けてサンドイッチに齧《かじ》りついたジークは、表情を和《やわ》らげる。

「うん、うまい。デニッシュを使うと、いつものサンドイッチより食べ応《ごた》えがあるな」

こうして食べた感想を言ってくれるのは、本当に嬉しい。料理人として、お客さんからおいしいと言われる喜びを知っているジークだからこそだろう。

「マスター！　今日の卵焼きもおいしいですよ‼」

精霊のバジルも、卵焼きを両手で抱えてもしゃもしゃと食べながら、リサを見上げた。

彼女はリサがお弁当を作っている時から、大好物の卵焼きを食べるのを楽しみにしていたようだ。

ふとリサがシャロンに目を向けると、なおものんびりと草を食んでいるのが見えた。

その様子に目を細めたリサは、自分もサンドイッチを一口頬張《ほおば》った。

第二十二章　幸せな約束をします。

昼食を食べ終えたリサたちは、敷き物に座ってお茶を飲み、まったりとした時間を過ごしていた。

精霊のバジルは自然の多いこの場所を気に入ったらしく、あちこちを自由に飛び回ったり、シャロンに話しかけたりしている。

その光景を眺めながら、リサとジークは最近の出来事などをぽつぽつと話していた。

最近の大きな出来事といえば、やはり騎士団への料理指導なので、もっぱらその話題である。時折、ジークの騎士団時代の思い出話なども挟みつつ、二人はのんびりと会話を楽しんでいた。

すると、ジークが突然姿勢を正し、リサに向き直った。

それまで互いに寄りかかるようにして座っていたので、リサは少しバランスを崩してしまう。

ジークはいつになくかしこまった様子でリサを見つめていた。

状況が呑み込めず、リサは目を瞬《しばたた》かせる。ジークは少しためらったあと、決意に満ちた表情で口を開いた。

「リサ」

「は、はい……」

名前を呼ばれ、リサは反射的に返事をした。

自然と背筋が伸びてしまう。

「……いきなりで悪い。でも、今日を逃すとなかなか言う機会がないと思ったから……」

そう言って、ジークはジャケットの内側から小さな箱を取り出した。

彼はそれを持って立ち上がると、敷き物の上に片膝をついて、再びリサと視線を合わせる。

そして箱の上蓋《うわぶた》を開け、リサに中身を見せるように差し出した。

「リサ・クロカワ・クロードさん。俺と結婚してくれませんか？」

リサは、ジークの言葉にハッと息を呑んだ。

その言葉がリサの心に、じわじわと波紋を広げていく。

ジークとの思い出が、頭に次々と浮かんできた。

彼と出会ったのは、リサがカフェを始めて間もない頃。妹へのお土産として買ったクッ

キーを気に入り、リピーターとして来てくれたのだ。

目当てのクッキーが売り切れだったため、残念そうに去っていくジークに、リサは思わず声をかけた。そしてクッキーの代わりに出したパンプディングを、彼はおいしそうに食べてくれたのだ。

それをきっかけに、ちょくちょく店を訪れるようになったジーク。そして、酔っ払いに乱暴されそうになったリサを助けてくれた。

彼が騎士団を辞め、カフェで働きたいと言ってきた時には、ものすごく驚いたものだ。けれど、カフェで働き始めてからというもの、ジークはリサにとって公私ともに欠かせない存在となった。

リサが王宮の厨房《ちゅうぼう》へ料理指導に行った時も、学院に料理科を設立することになった時も、いつも隣にはジークがいたのだ。

時には、気持ちがすれ違った時もある。

花祭りに屋台を出すことになったものの、準備の段階でトラブルが起き、リサはやむをえずジークとのデートをドタキャンした。そのせいで、ジークから距離を取られてしまったのだ。

あの時、リサはジークと離れたくないと強く思った。

カフェのメンバーと旅行に行った時、ジークと二人で夜の浜辺を歩いた。波の音だけが聞こえる中、彼から「ずっと傍《そば》にいたい」と言われたのだ。

そして、今。

ジークは永遠の愛をリサに誓おうとしてくれている。

リサがこの世界に来て数年。

たくさんの人に支えられてここまでやってきたが、その中で一番支えてくれたのは、紛れもなくジークだった。

愛《いと》しさと、嬉しさと、切なさと。それ以外にも言葉に出来ない様々な感情がこみ上げてきて、リサの胸が熱くなる。

「本当に、私でいいの……？」

「もちろんだ。俺が結婚するなら、相手はリサしかいない。だから、どうかこの指輪を受け取ってほしい」

ジークは力強い口調で、きっぱりと答えた。

リサは泣き笑いの表情で、何度も頷《うなず》く。

「……はい……はい！」

その声は、緊張のために掠れていた。

嬉しそうに顔を綻《ほころ》ばせるジークに、リサはたまらなくなって抱き着く。

きっとジークは、リサ以上に緊張していたのだろう。リサが抱き着いた途端、強張っていた彼の体から力が抜けるのがわかった。

「よかった」

耳元でポツリと呟《つぶや》かれた言葉に、リサはふふっと笑い、ジークを抱きしめていた腕を解《ほど》いた。

「ひとまず婚約だから、左手か」

ジークの言葉に促《うなが》され、リサは左手を差し出す。

すると、ジークが箱の中から指輪を取り出した。

リサの左手を恭《うやうや》しく持ち上げ、その薬指に指輪を嵌《は》める。指輪はぴったりのサイズだった。

指の根本までしっかり差し込まれた指輪を、リサはじっと見つめる。

「……嬉しい」

胸にじわじわと喜びが広がり、リサの顔が自然と綻ぶ。

ジークは指輪を嵌めたリサの左手を、自身の右手で包み込むように持つと、左手でリサの腰を引き寄せた。

自分を見上げるリサの額《ひたい》に、唇を落とす。

そして、唇をそっと重ねた。

顔の角度を変えながら、唇を軽く触れ合わせるうちに、口づけは次第に深くなっていく。

やがてリサの意識がぼうっとなってきたところで、ジークは名残惜《なごりお》しそうに唇を離した。

「リサ、好きだ。ずっと傍《そば》にいてほしい……」

その熱がこもった声に、リサはうっとりと目を潤《うる》ませる。

「もちろん、私も好き……ずっと一緒にいるよ」

そう言って、ジークの体にギュッとしがみついた。

愛《いと》しい恋人の腕に包まれながら、リサは幸せを噛みしめるのだった。


晴れて婚約した二人を、バジルが祝福してくれた。彼女から手作りの花飾りをもらったリサは、ジークと二人でシャロンの背に揺られている。

秋も半《なか》ばを過ぎてだいぶ日が短くなっているが、まだ明るい時間帯だった。

帰るにはまだ早いが、ジークがリサを自宅に送りがてら、クロード家の人たちに婚約の報告をしたいのだという。

クロード夫妻は血の繋がりはないものの、リサにとっては肉親同然の人たちだ。この世界にやってきて右も左もわからないリサを保護し、救いの手を差し伸べてくれた恩人でもある。

少し恥ずかしいが、リサも婚約のことを二人に早く報告したかった。

すっかりシャロンと仲良くなったバジルは、定位置であるリサの肩ではなく、シャロンの頭の上でご機嫌にしている。

その様子を眺めながら、リサは左手で光る指輪にちらちらと視線を向けていた。

中央に澄んだ水色の石がついており、その台座には剣と花のモチーフが彫られている。

細かいデザインをしげしげと眺めていたリサの様子に、ジークは手綱《たづな》を操《あやつ》りながら口を開いた。

「それはセクスティアイリングっていって、フェリフォミアでは昔から結婚を申し込む時に贈る指輪なんだ」

「このデザインも定番なの？」

「ああ。いくつか種類があるが、それぞれのモチーフに意味がある」

そう言って、ジークはモチーフの意味をリサに教えた。

台座に彫られた花は愛を、剣は忠誠を、そしてアームの側面に刻まれている鎖の模様は友情を表しているという。

これを左手に逆さにつけると婚約を、正しい向きにつけると結婚を示すことになるそうだ。

「花は、求婚する側の紋章に使われているものにするのが一般的だ。この指輪の花は、俺の家の紋章に使われているラステルという花なんだ」

それを聞いて、リサは今年の春に参加した花祭りを思い出した。その花祭りでリサが身につけた衣装には、母方の実家の紋章に使われている花の刺繍《ししゅう》があしらわれていたのだ。

ジークの家の家紋に使われているというラステルは、ユリのような形をしている花だった。

前よりジークとの距離が近くなったという実感が湧いてきて、リサは浮き立つ心のまま表情を綻《ほころ》ばせた。

行きと同じくゆっくりと進むシャロンの背に揺られて、クロード家の門を潜《くぐ》る。

落ち葉をほうきで集めていた庭師の男性が、リサが帰ってきたことに気付いて声をかけてくれた。

「お帰りなさい、リサ様」

「ただいま帰りました」

セスという名の中年の庭師は、穏やかな顔でリサを出迎えてくれる。

「セスさん。すみませんが、シャロンを厩舎《きゅうしゃ》に繋いでもらえませんか？」

ジークが帰るまで、シャロンをクロード家の厩舎で休ませたい。そう思ったリサがセスにお願いすると、彼はお安い御用だと言わんばかりに笑顔で頷《うなず》いた。

ジークの手を借りて、リサはシャロンの背から降りる。そして、空《から》のバスケットを持って玄関に向かった。

ドアを開けて室内に入ると、ちょうど侍女長のマリーが通りかかった。

リサはただいまと帰宅の挨拶《あいさつ》をしてから、彼女に尋ねる。

「マリーさん、シアさんって、もう帰ってきてますか？」

マリーはリサの左手に光る指輪を目ざとく見つけたらしい。

「奥様はご在宅です。お呼びしますから、応接室でお待ちください」と楽しげな様子で去っていった。

なんとも面はゆい感じがして、リサはついついジークを見上げる。

ジークも同じ気持ちなのか、困ったように眉を下げていた。

養母アナスタシアのことはマリーに任せ、リサとジークは玄関からほど近い応接室へと向かう。

部屋に入り、ソファに並んで座ると、程なくしてドアがノックされた。

リサが「はい」と返事をすると、マリーに連れられたアナスタシアが、花が咲くような笑みを浮かべて部屋に入ってきた。

立ち上がって出迎えたリサとジークに、アナスタシアはすぐさま座るように言い、向かい側のソファに腰掛ける。

「リサちゃん、その指輪……」

うずうずしながら、アナスタシアがリサの左手に目を向けて言う。

リサは小さく笑うと、左手をアナスタシアの方へ差し出した。

「さっき、ジークからもらいました」

「まあまあ、それじゃあ……」

目を輝かせるアナスタシアに答えたのは、ジークだった。

「はい、リサ……いえ、リサさんからは承諾の返事をいただきました」

「わぁ！　ジークくん、やったわね!!」

「ええ、アナスタシアさんのおかげです」

「いや〜ね〜、もうお義母《かあ》さんって呼んでいいわよ〜」

朗らかに会話する二人を見て、リサはあれ？　と首を傾げる。

「あの……二人って、こんなに仲良しだったの？」

リサが疑問を口にすると、アナスタシアがリサにわけを説明してくれた。

「その指輪のことについて、こっそり相談されてたのよ。リサちゃんの指輪のサイズを教えたのも私よ！」

やけにピッタリだと思ったら、アナスタシアが裏でそんなことをしていたとは。リサはようやく合点《がてん》がいった。

「……ってことは、シアさんは私がプロポーズされることを知ってたの？」

「もちろんよ！」

得意げに胸を張るアナスタシアは、無邪気で可愛らしい。だが、リサは二人がこっそり相談していたことを知って苦笑した。

先に家族に知られていたと思うと、なんだか恥ずかしくなる。

「あ、そうだ！　肝心なことを言っていなかったわ!!」

何かを思い出したように、ハッとするアナスタシア。リサは他にも何かこっそりやっていたのかと、身構える。

だが、アナスタシアはニッコリと笑みを浮かべてこう言った。

「おめでとう、リサちゃん。幸せになるのよ」

その言葉に、リサはハッと息を呑む。そして表情を緩《ゆる》ませた。

「ありがとう、シアさん」

アナスタシアの言葉がじんと心に染みて、目頭が熱くなる。

少し震える声で返事をしたリサの手を、ジークが微笑んで握ってくれた。

リサはそんなジークを見上げて、涙目のまま笑った。


アナスタシアへの報告も済んだところで、結婚の時期や結婚式について、軽く話し合う。

「ドレスはもちろん私が腕によりをかけて作るから、任せなさい！」

アナスタシアは服飾会社を経営しており、自身もデザイナーとして活動している。

自分の娘の結婚衣装を手がけられるということで、早くもやる気が滾《たぎ》っているようだ。

そんな養母に、リサは微笑んで礼を言う。

「はい、お願いします」

「最高のものを考えなくっちゃ～」

今すぐ歌い出しそうなほど、アナスタシアは楽しげだ。

そうしているうちに、部屋の外が騒がしくなる。

バタバタという足音が次第に大きくなり、乱暴な音を立てて応接室のドアが開いた。

「リサちゃん‼」

応接室に飛び込んできたのは、ギルフォードだった。

どうやらリサが求婚されたという連絡をマリーから受けて、急いで帰ってきたらしい。

「お、お帰りなさい、ギルさん」

あっけにとられながらも、リサはどうにか声をかける。

「リサちゃん、プロポーズされたって本当⁉」

目を見開きながら、つかつかと詰め寄ってくるギルフォード。

「はい、この通り」

リサが指輪の嵌《は》まった左手を見せると、ギルフォードはそれをじっと見つめてから、リサの隣にいるジークに視線を向けた。

そして、びしっと人差し指を突き付ける。

「うちの娘を、どこの馬の骨かもわからない男にはやらん！」

ギルフォードの口から彼が言いそうにもない言葉が急に出てきたので、リサもジークも驚きに目を見開いた。

まさか反対されるとは思わず、リサは不安げにジークを見上げる。

その視線に気付いたジークは表情を引き締め、真剣な面持ちでギルフォードを見つめた。

彼が口を開こうとした瞬間、その横から別の声が割り込んでくる。

「ギル……あなた、いい加減にしなさい」

怒りに満ちた低い声の主は、アナスタシアだった。

リサがギルフォードを見ると、彼は「ヤバい」と言わんばかりに顔を引きつらせていた。

「あなたね！　時と場合を考えなさい!!　せっかくのいい雰囲気が台無しよ!!　どうせ、父親として一度そういう台詞《セリフ》を言ってみたかっただけなんでしょう!?」

アナスタシアはソファから立ち上がり、目をつり上げてギルフォードに詰め寄った。

「はい、おっしゃる通りです……」

先程の勢いはどこにいってしまったのか、ギルフォードの方は青ざめた顔でじりじりと後退している。

「まったく、もう少し考えてものを言いなさい！　……あ、ごめんねリサちゃん、ジークくん。さっきのは、ただのこの人のおふざけよ」

呆れ顔でため息を吐《つ》きながら、アナスタシアがリサたちに言った。

ギルフォードは、ばつが悪そうに頭を掻く。

「ごめんね、どうしても言ってみたくてさ……あ、もちろん二人の結婚には賛成だよ！正直に言えば、少し寂しいけれどね……おめでとう、リサちゃん！」

今度のは本心なのだろう。ギルフォードは言葉通り少し寂しそうにしながらも、二人を祝福した。

「ギルさん……」

リサは心のこもった祝福の言葉に、リサはまたしてもじんとなってしまう。

それはジークも同じだったようで、背筋を伸ばすと、改めてギルフォードに向き合った。

「リサさんは、必ず幸せにします。これからどうぞよろしくお願いします」

ギルフォードもジークに真剣な表情を向け、ゆっくりと頷《うなず》いた。

「うん、君になら任せられる。リサをよろしく頼むよ」

いつの間にか、リサの隣にはアナスタシアがいた。彼女はリサの肩にそっと手をのせ、微笑んでみせる。

そんな彼女に、リサもはにかみながら笑顔を返すのだった。

やがて応接室を出たリサとジークを、クロード家の使用人たちも、おめでとうと言って祝福してくれた。

とはいえ結婚するのはまだまだ先になるので、しばらくは婚約期間が続く。

ジークが次男であることに加えて、ギルフォードとアナスタシアの強い希望もあって、彼がクロード家に婿《むこ》入りするということに決まった。

それで大丈夫なのかとリサはジークに聞いたが、ジークとしては指輪のことをアナスタシアに相談した時点で心を決めていたらしい。

ただ、それはジークの家族とも話し合わなければならないことなので、近々リサもジークの家に挨拶《あいさつ》に行くことになった。

たくさんの人に祝福され、幸せいっぱいのリサは、一日中笑みを浮かべていた。

エピローグ

翌日、カフェ・おむすびに出勤したリサは、ジークと婚約したことをメンバーに報告した。

「じゃん！」と言って左手の指輪を見せると、オリヴィアとヘレナが歓声を上げる。

「わぁ！　やるじゃないですか、ジークさん！」

少し茶化すような口調でジークに言うヘレナ。

「おめでとう、リサさん」

たおやかな笑みを浮かべて祝ってくれるオリヴィア。

「おおー！　おめでとうございます、リサさん、ジークさん‼」

にかっと爽《さわ》やかに笑うアラン。

リサとジークは、そんな彼らに「ありがとう」とお礼を言う。

すると、アランとヘレナが何やら目を合わせてから、二人してリサを見つめた。

「あの、リサさん、私たちもこの場で報告しておきたいことがあって……」

ヘレナがためらいがちに口を開く。

それに続いてアランが言った。

「実は、ヘレナと付き合ってるんです」

さらっと言ったアランに、リサは目を瞬《しばたた》かせた。

「ええー⁉　いつから⁉」

驚きの声を上げるリサに、ヘレナは苦笑を浮かべる。

「一か月くらい前からですかね？」

そのヘレナの言葉に、リサはがっくりと肩を落とした。

「全然気付かなかった……」

呆然とするリサに対して、オリヴィアは小さく笑う。

「やっぱりそうだったのね」

「俺も、なんとなくそうじゃないかと思ってたぞ」

それを聞いたリサは、ぎょっとしてジークを見た。

「え!?　本当に!?　ということは、気付いてなかったのは私だけ!?」

リサがメンバーの顔を見回すと、皆、苦笑したまま答えない。

「ま、そうらしいな」

隣のジークから無情な言葉が返ってきて、リサはさらにしゅんとなった。

「そうなの……とにかく、アランくんもヘレナもおめでとう！」

自分だけ気付いていなかったのはちょっぴり悔しいが、アランに片思いをしているヘレナの気持ちを知っていたリサは、純粋に嬉しかった。

リサに続き、オリヴィアとジークも二人を祝福する。

照れた様子で頭を掻くアランと、嬉しそうに笑うヘレナ。そんな二人の姿に、リサはニッコリと笑った。

「では、嬉しい報告も聞けたところで、今日も一日頑張りますか！」

リサがそう言うと、一同は頷《うなず》いた。

その直後、ヘレナが入り口のドアを開ける。

「カフェ・おむすび、開店です！」

「いらっしゃいませ！」

『おむすび』という名の通り人と人とを結ぶ店に、今日も明るい声が響いた。

ある少年達の挑戦

秋もすっかり深まり、街路樹が時折枯れ葉を降らせている。

そんな中、揃《そろ》いの制服をまとった少年少女たちが、賑《にぎ》やかにおしゃべりしながら歩いていく。

緩《ゆる》やかな坂を登ると、その上には立派な門がそびえ立っていた。

フェリフォミア国立総合魔術学院——通称・学院の正門だ。

門を潜《くぐ》ると、その先にはいくつかの校舎が立っている。

一番手前にあるのが初等科の校舎。ここでは十歳から十二歳までの子供が基礎的な知識を学んでいる。

フェリフォミアでは、すべての子供が初等科に通うことを義務付けられている。そのため、初等科は他の学科よりも校舎が大きく、在籍人数も多い。

初等科の奥に立っているのは、専門課程の校舎だ。初等科を卒業した十三歳から十五歳までの子供が在籍している。

専門課程への進学は義務ではないが、卒業すれば将来の就職に有利となる。専門課程を出ていなければ就《つ》けない職業もあるのだ。

学院のレベルは国内外でもトップクラスなので、専門課程には地方から進学してくる生徒はもちろん、国外からの留学生も多く在籍していた。

ちなみに専門課程は五つの学科に分かれている。

騎士科、魔術師科、魔術具科、一般教養科、そして料理科だ。

他の四つの学科は古くから存在しているが、料理科は昨年新設されたばかり。ゆえに校舎も新しく、敷地内の一番奥まったところに位置している。

「本当、料理科の校舎って遠いよな〜」

水色の髪をした少年——ルトヴィアス・アシュリー・マティアスがそう言って、首元のネクタイを緩めた。

涼しい季節であるとはいえ、そこそこ長い距離を歩いてきた彼の額《ひたい》には、じわりと汗がにじんでいる。

「まあ、一番新しい校舎だし、仕方ないよ」

そう答えたのは、藍色《あいいろ》の髪を耳の下で切り揃えた少年——ハウル・シュストだった。

その中性的な顔には苦笑が浮かんでいる。

「そうだけど、雨の日なんかはさすがに億劫《おっくう》だわ」

うんざりしたようにため息を吐《つ》いたのは、オレンジ色の髪をツインテールにした女の子——アメリア・イディールだった。

料理科の二学年に在籍している彼らは、一学年の時からの仲良し三人組である。

三人は賑《にぎ》やかに話をしながら、校舎の入り口に差し掛かった。

通学時間ということもあって、両開きのドアは大きく開かれている。普段は守衛室にいる守衛のモーリスがドアのすぐ前に立ち、登校してくる生徒たちを出迎えていた。

「モーリスさん、おはようございます」

ハウルに続き、ルトヴィアスとアメリアも「おはようございます」と挨拶《あいさつ》をする。

「おお、三人ともおはよう」

体格のいいモーリスは一見怖そうだが、時折ほにゃっと笑み崩れた顔を見せる、温厚な人物だ。

こう見えて無類の子供好きであるモーリスに、この一年ですっかり馴染《なじ》んだ三人は、そのまま校舎の中に入った。

玄関からまっすぐ伸びる廊下を進み、突き当たりにある大階段ホールを右に曲がる。

目的は、その先にある更衣室だ。

今日、二年生は調理の授業が二コマ続く。そのため、学院の共通の制服からコック服に着替えなければならないのだ。

「じゃあ、あとでね～」

女子更衣室の扉を開けながら、アメリアが他の二人に手を振る。

「おう」

「うん、あとでね」

ルトヴィアスとハウルは手を上げて答え、男子更衣室に入った。

女子更衣室に入ったアメリアは、自分のロッカーへ向かう。

「アメリア先輩、おはようございます！」

はきはきした声に振り返ると、アッシュブラウンの髪の女の子がいた。

彼女はシェーラ・ヒュアード。

少し前にアメリアたちと仲良くなった、一年生の女の子だ。

フェリフォミアの南にある国スーザノウルの出身で、艶《つや》やかな小麦色の肌をしている。

料理科では初の留学生である彼女は、アメリアにとって素直で可愛い後輩だ。

そんなシェーラは、既に作業用のつなぎに着替えていた。

「おはよう、シェーラ。一年生は今日は野外実習から？」

アメリアの問いに、シェーラは楽しそうに頷《うなず》く。

「そうです！ 今日はハーブを収穫するみたいだから、楽しみなんです！」

最初はなかなかクラスに馴染《なじ》めなかったシェーラだが、クラスメイトともすっかり打ち解けたようで、毎日楽しそうに授業を受けている。

見るからにウキウキとしているシェーラを、アメリアは微笑ましく見つめた。

「ジェバッゼが植えられてるあたりなんか、すごくもっさりしてたから、収穫のしがいがありそうだね」

「そうなんですよ！ しかも、その次の授業では収穫したハーブを使って料理を作るので、それも楽しみなんです！」

シェーラは待ちきれないという風に目を輝かせている。

ジェバッゼは、料理科ではよく実習に使われるハーブだ。それまではあまり馴染みのないハーブだったが、主任講師であるリサが授業に取り入れ、今ではすっかり定番となっている。パスタのソースやピザのトッピングなどに使うとてもおいしくて、なぜこれまで使われていなかったんだろうと思ってしまうほどだった。

育ちやすくて繁殖力が旺盛《おうせい》なので、アメリアが一年の時も頻繁《ひんぱん》に収穫していた。

自分で育てた食材を収穫して食べるというのは、生徒たちにとってすごくいい経験になる。食事のありがたみがわかり、おいしさも倍増するからだ。

きっと、シェーラもその楽しみを知ったのだろう。

そんな彼女の頭を、アメリアはポンポンと叩いた。

「張り切りすぎて、畑で転ばないようにね」

「う……はーい。気を付けます」

身に覚えがあるのか一瞬言葉を詰まらせたシェーラに、アメリアはクスクスと笑った。

そして自分も早く着替えなければと、急いでロッカーを開けるのだった。


コック服に着替えたアメリアは、そのまま第一調理室に向かう。

今日の最初の授業は、調理技術という科目だ。

元は王宮で副料理長を務めていたキース・デリンジェイルが講師である。

アメリアたちが一年生の時は生徒が二十人しかおらず、講師も四人しかいなかった。

それが今年から新一年生が入ってきて、講師の数も倍に増え、一気に賑《にぎ》やかになったのだ。

アメリアとしても、人数が増えたことは嬉しい。けれど、去年のこぢんまりとしながらも和気《わき》藹々《あいあい》とした雰囲気が好きだったので、少し寂しい気持ちもある。

　そんなことを考えながら廊下を進み、アメリアは第一調理室に到着した。

　先に準備を始めていたクラスメイトたちに挨拶《あいさつ》しつつ、自分のグループが使う調理台へ向かう。

「やっと来たか」

　既に調理台で準備をしていたルトヴィアスが、アメリアに気付いて声をかけてきた。

「やっとって何よ！　女の子は準備に時間がかかるの！」

　ルトヴィアスの意地悪な言い方に、アメリアは頬を膨《ふく》らませる。

「はいはいー」

　いつものことなので、ルトヴィアスはおざなりに返事をした。

「更衣室にシェーラがいたから、ちょっと話をしてたんだもん」

「シェーラか……最近会ってないけど元気だった？」

　ハウルが心配そうな顔でアメリアに聞いた。

「うん、今日は自分たちで収穫したハーブを使って調理するんだーって、張り切ってたよ」

「そうか、それはよかった」

　アメリアの言葉に、ハウルはほっとした様子を見せる。

　シェーラの心配をしているのはハウルだけではなかったようで、ルトヴィアスも言葉にはしないものの、表情から安堵しているのがわかった。

そんなやり取りをしながら、三人は授業の準備を進める。

やがて生徒全員が集まった頃、長髪の男性講師――キースが調理室に入ってきた。

「みんな揃《そろ》ってるか～？　授業始めるぞー」

彼らしい間延《まの》びした口調で生徒たちに声をかける。

こうして、今日も料理科の授業が始まるのだった。


料理科の生徒たちは毎日、料理の技術と知識を学んでいる。新しいことをどんどん教わるので、ついていくのは大変だが、充実した日々だ。

しかし、二年生になるとそうした日々にも慣れてしまい、どこか惰性的《だせいてき》に過ごしている生徒も少なくなかった。

新入生でも卒業生でもない、言わば中だるみの時期。ルトヴィアスたち三人も例外ではない。

そんなある日のことだった。

その日の授業は動植物学のはずだったが、急遽《きゅうきょ》変更になったと連絡があり、二年生の生徒たちは座学用の教室で待機していた。

ざわついた教室の中に、キース、リサ、そして動植物学の担当講師であるセビリヤがぞろぞろと入ってくる。

三人が揃って来るなんて一体何があったのかと、さらにざわつく生徒たち。彼らを静かにさせるために、キースが二回手を打ち鳴らした。

「はい、静かにー」

しんとした教室内を見回してから、キースが口を開く。

「来月、専門課程の二年生を対象とした合同授業が行われることになった。今日は、それについて説明するぞー」

キースの言葉を受けて、リサが黒板に『学院専門課程二年　合同授業について』と書いていく。

再びざわつく生徒たちを落ち着かせるように、キースが話を続ける。

「合同授業っていっても講義を聞くわけじゃない。簡単に言うと、それぞれの学科が一年の時に学んだことを発表し合って、他の学科との相互理解を深めるのが目的だ。毎年二年生を対象に行われているが、料理科はお前たちが一期生だから、合同授業に参加するのは今年が初めてになる」

キースの説明を聞いた生徒たちの反応は様々だった。

興味深そうに聞いている者。他の科に在籍している兄や姉から話を聞いたことがあるのか、訳知り顔で頷《うなず》いている者。一年の時に学んだことを思い出そうとしているのか、難しい顔で頭を捻《ひね》っている者など。

そんな生徒たちの反応を眺めながら、キースはなおも続ける。

「合同授業まで、あと一か月と少しある。料理科の発表は、もちろん料理を作ることだ。ただ、何を作るのか、どういう形で発表するのかは、みんなで決めてもらう。みんなだけでなく、先生たちにとっても初めての合同授業だから、協力して準備をしていこう！」

キースはそうまとめると、生徒たちに話し合いを任せた。

料理科は二十人という少人数なので、全員で相談してもどうにか考えがまとまる。これまでも何度かこうした機会があったので、講師たちは生徒たちの自主性に任せることにしたのだ。

「じゃあ、まずは何を作るか決めようぜ」

教室の中央に集まる生徒たちの中で、ルトヴィアスが先陣を切った。

すると他の生徒たちは、黙って考え始める。それぞれが作りたい料理、作れる料理を頭に思い浮かべているのだろう。

一年生で学んだことは多くある。包丁の使い方、食材の扱い方、そしてたくさんのレシピを覚えた。どれか一つの料理に絞るには、選択肢が多すぎる。

生徒たちが言葉に詰まる中、ハウルがハッとした様子で顔を上げ、講師陣に問いかけた。

「先生、もし他の学科の生徒と先生全員に料理を出すとしたら、どのくらいの数が必要ですか？」

ハウルの言葉を聞いて、他の生徒たちもハッとする。

もし他の学科の人たちに料理をふるまうとしたら、人数分の料理を作るのにかかる手間や時間を考えなければならない。それをヒントにして料理を考えるのも一つの手だろう。

いいところに気付いたと言わんばかりに、キースは笑みを浮かべる。

「合同授業には二年生全員が参加する。騎士科、魔術師科、魔術具科、一般教養科、そしてうちだ。料理科以外は四十名のクラスが三つある。講師は一クラスあたり二名としても、ざっと五百名を越すな」

料理科の生徒と講師を含まないとしても、合計で五百四名だ。

具体的な数を知って、生徒たちの顔色が変わる。

五百食を越える料理を一度に作るなんて、もちろん経験したことがない。あまりに膨大な数に、彼らはパニックを起こしそうになった。

そんな中、ノックの音が響き、教室のドアが開く。

「失礼します。遅くなりました」

そう言って入室してきたのは、ジークだった。

生徒たちが、青ざめた顔を一斉に彼の方へ向ける。

「どうしたんですか？　これ」

生徒たちの尋常ではない様子を見て、ジークは小声でリサに尋ねた。

リサは苦笑を浮かべて答える。

「合同授業に参加する生徒と講師の人数を聞いて、衝撃を受けてるみたいよ」

その言葉に、ジークは「ああ」と頷《うなず》いた。

「例年、合同授業にはどの学科も力を入れていますからね。うちの生徒たちにも頑張ってもらわないと。特に魔術師科と魔術具科は、俺が在籍していた頃から大掛かりな発表をしていましたし」

ジークが自分の学生時代を思い出しながら言うと、聞き耳を立てていた生徒たちの目が、ギンと光った。

リサとキースは学院の卒業生ではないため、実際の合同授業の経験がない。

セビリヤは卒業生ではあるものの、彼が在籍していた時は、合同授業が行われていなかった。

しかし、ジークは騎士科を卒業しており、しかもまだ卒業して数年しか経っていない。この中で、唯一の合同授業経験者なのだ。

「ジーク先生！　経験があるなら、アドバイスをください！」

生徒の輪の中から出てきたアメリアが、ジークの腕を掴《つか》む。そして、唖然としているジークをぐいぐい引っ張り、再び輪の中に入った。

これにはキースとリサも驚き、顔を見合わせる。

だが、セビリヤだけは面白そうに微笑んでいた。

「人数に驚いていても仕方ないから、およそ五百名分の料理をどうやって作るかを考えよう」

ハウルが真剣な顔で仕切り直すと、他の生徒たちも表情を引き締め頷《うなず》いた。

「およそ五百人ということは、一人あたり約二十五食作る計算か……」

男子生徒の一人がポツリと言った。

それを聞いた生徒たちは、微妙な顔になる。

カフェ・おむすびで日々そのくらいの数を作っているリサとジーク、そして王宮の厨房《ちゅうぼう》で数百人分の食事を作っていたキースにしたら、一人あたり二十五食なんてむしろ少ないだろう。

しかし、生徒たちにとっては、どれだけ手間や時間がかかるか、容易に想像のつかない数だった。

何しろこれまでは、せいぜい二、三人前しか作ったことがない。

いや、一度だけ多くの料理を作ったことがある。それは春の花祭りに屋台を出した時だ。ただ、花祭りで作ったのは、どれもごく簡単なお菓子ばかりだったのである。

一人あたり二十五食もの料理をどうやって作ればいいのか、生徒たちは頭を悩ませる。

そんな生徒たちを見ながら、リサたち講師陣は内心でニヤニヤしていた。

二年生になった彼らが、どこか惰性的《だせいてき》に授業を受けていた状況に、一石を投じることが出来たからだ。

学ぶことも大事だが、彼らのゴールはもっともっと先にある。それを思い出させるのに、この合同授業は打ってつけの機会だった。

にんまりしながら見守る講師陣と違い、一人だけ生徒の輪の中に入ってしまったジークは、彼らから質問攻めに遭っていた。

「ジーク先生、先生の時の合同授業はどこでやったの？」

「他の学科はどんな発表をしてた？」

「そもそも会場で料理なんて出来るの？」

……などなど、生徒たちは料理を考えるよりも先に、情報を集めることにしたようだ。

いろんな方向から質問され、ジークは困った表情をしながらも、律儀《りちぎ》に答える。

「まず、合同授業をやるのは競技場だ。騎士科と魔術師科の校舎の間にあって、その二学科がよく授業で使っている。毎年発表の内容は違うが、他の学科の生徒もまだ二年生だから、そんなに大それたことはしないと思うぞ。料理をする設備はないからこちらで用意して、事前に設置しなければならないと思う」

ジークの答えに対して「へー」とか「なるほど」などという声が、ちらほらと聞こえてくる。

リサも生徒たちにヒントを出そうと近づいた。

「場所や設備も大事だけど、五百人もの人に料理を出すとなったら、もっと重要なことがあります。さてなんでしょう？」

リサが人差し指を立てて言うと、生徒たちは考え始めた。

「手際のよさ？」

「やっぱりおいしさじゃない？」

ちらほらと意見が出てくるが、正解はなかなか出てこない。

そんな中、ルトヴィアスが何か思いついたのか、ハッと顔を上げた。

「調理にかかる時間？」

それを聞いて、リサはニコリと笑う。

「正解です！　例えば一食作るのに十分かかるとしたら、二十五食作るには二百五十分もかかる。合同授業で各学科に与えられるのは一時間から一時間半くらいだから、それじゃあ間に合わないよね。もし間に合ったとしても、実際のお店で一時間も待たされたら、お客さんは帰っちゃうんじゃないかな？」

リサの説明を聞いた生徒たちは、また悩み始めた。真剣すぎて、皆顔が怖いことになっている。

見かねたキースが助け舟を出した。

「何も、その場で全部作れって言ってるんじゃない。事前に作れるところまで作っておいて、その場で仕上げをすればいいんだ」

そのキースの言葉に、生徒たちはなるほどといった感じで頷《うなず》いている。

講師陣から助言を得た生徒たちは、改めて話し合いを始めた。

その隙《すき》を見て、ジークが生徒たちの輪からさっと抜け出す。そしてリサたちのもとへと避難してきた。

「お疲れ様」

リサが肩を竦《すく》めて労《ねぎら》うと、ジークは困ったように息を吐く。

「まさか、来て早々巻き込まれるとは……」

生徒たちのパワーにすっかり圧倒された様子のジークを見て、キースとセビリヤはおかしそうに笑った。

そしてジークを交《まじ》えた四人で、生徒たちの話し合いを見守る。

生徒たちは短時間で提供できる料理について、意見を出し始めているところだった。

「サンドイッチとか？」

「それだと簡単すぎないか？」

「じゃあ、パスタは？　ソースは作っておいて、会場では麺《めん》だけ茹《ゆ》でれば……」

「パスタの麺を茹でるのって、結構時間がかかるよ」

「ご飯ものは？　オムライスとか」

「うーん、もうちょっと『すごい』と思わせられるような料理を作りたいなあ」

どうやら他の学科の子供たちをあっと言わせたいらしい。

「麺料理っていうのは、いいかもしれないよ？」

ハウルが先程パスタという意見を出した生徒の方を見て言う。

そして知恵を貸してもらおうと思ったのか、リサの方に顔を向けた。

「リサ先生！　僕たちがまだ作ったことのない麺料理ってありますか？」

そのハウルの言葉に、リサはいいところに気が付いたなぁと思いながら口を開く。

「もちろん。これまで授業で作ったのはパスタとうどんでしょ？　他にもそばにラーメン、焼きそば、ちょっと変わったのだとフォー、ビーフン、春雨、パッタイとか、まだまだあるよ。それこそ数えきれないくらい」

すらすらと出てくる麺料理の名前に、生徒たちは目を大きく開いた。

まさか、それほどたくさんあるとは思っていなかったようだ。

ハウルも唖然としていたが、ハッと意識を現実に戻し、さらに質問をしてくる。

「じゃ、じゃあ、その中で一番早く提供できる麺料理ってどれですか？」

リサは、うーんと考えながら言う。

「作り方にもよるけど、ラーメンかな？」

すると、生徒たちがざわめいた。

「ラーメン？」

「どんな麺料理なんだろう？」

期待と不安が入り混じった声が、あちこちから聞こえてくる。

これはどうやらラーメンで決定かな？　と思いながら、リサは自分と同じことを考えているであろうキースに視線を送る。

すると彼は心得たように頷《うなず》き、口を開いた。

「ラーメンがどんな料理かわからなければ話にならないだろうから、明日の授業でリサ先生からラーメンの作り方を教えてもらおう！　いいか〜？」

「はーい！」

方向性が決まったところでちょうど授業時間が終わり、合同授業に向けての話し合いは明日に持ち越された。


翌日。

リサが生徒たちにラーメンの作り方を教えるための授業が行われた。元々は和食を教える予定だったのだが、急遽《きゅうきょ》変更されたのだ。

「今日は基本である醤油《しょうゆ》味のラーメンを作りましょう」

リサが講師用の調理台に生徒たちを集め、ラーメンとは一体どんな料理なのかという説明を始める。

「ラーメンの要素は大きく分けると、スープ、麺《めん》、具の三つです。どれも仕込むのに時間がかかるため、今日は仕込みだけ行い、仕上げて試食するのは明日にします」

その言葉を聞いて、今日のうちに試食できると思いこんでいた生徒たちが、がっかりした表情を見せた。

「では、スープから準備していきましょう」

リサは大きな寸胴鍋《ずんどうなべ》に、大きな鶏がらをゴロゴロと入れる。さらに、ぶつ切りにした野菜を数種類入れ、水を注いで火にかけた。

「今日は鶏がらをベースにしたスープにします。他にも豚骨や牛骨、煮干しなど、色々なものから出汁《だし》が取れますよ。それぞれ味わいが違うので、そのあたりは追々《おいおい》授業で学んでいきましょう」

沸騰《ふっとう》するまでは時間がかかるので、その間に他の作業に移る。

「次は、麺の作り方を説明します」

そう言って、リサは麺の材料を並べる。小麦粉、塩、水、そして灰汁《あく》だ。灰汁は、かん水と呼ばれるアルカリ塩水溶液の代用として使う。

ラーメンがうどんともパスタとも違う食感なのは、かん水によるところが大きい。

この世界に来た時、かん水がないからラーメンは作れないだろうと思っていたリサだが、ふと重曹《じゅうそう》で代用できると聞いたことがあるのを思い出した。

しかし、重曹《じゅうそう》もこちらの世界にはない。そこで思いついたのが、灰汁《あく》を使うという方法だった。

木を燃やして灰にし、灰汁を取って、かん水の代用品として使ってみた。

そしておぼろげな記憶をもとに、手探り状態で中華麺《めん》を作ってみたのだが、なかなか上々の仕上がりとなったのだ。

それもそのはず。リサは知らないが、灰汁は沖縄そばなどを作る時に、かん水の代わりとして古くから使われている。

そういうわけで、今回の授業でも、リサが事前に取っておいた灰汁をかん水代わりに使っていく。

「まずは、大きめのボウルに小麦粉を入れます。小麦粉はパンに使うものと、クッキーなどのお菓子に使うものを、半分ずつ混ぜ合わせたものを使います。ここに灰汁と塩を溶かした水を注いで混ぜていきますが、箸《はし》や手で混ぜながら、少しずつ注いでいくのがコツですね。生地全体に水を万遍《まんべん》なく行き渡らせないと、食感が悪くなるからです」

リサは説明しながら、水を含んだ生地を両手で揉みほぐしていく。

すると小さなダマがたくさん出来、ぼそぼそした状態になった。

「生地がこのような状態になったら、手で掴《つか》むようにしてまとめていきます。まとまったら、さらに捏《こ》ねてください」

ぼそぼそした生地がひとつにまとまったところで、ボウルから取り出し、調理台の上にのせる。

そして、掌底《しょうてい》で押しつぶすように捏ねていく。

「これを五分くらい行って生地が滑《なめ》らかになったら、一時間ほど寝かせます。ひとまず、ここまでやってみましょう」

真剣な目でリサの手元を見つめていた生徒たちが、各々《おのおの》の調理台へと散っていく。

リサはそれを眺めながら、捏ね終えた生地をボウルに戻し、上に濡れ布巾をかけておいた。

そして授業を補佐してくれている新任講師と共に、生徒たちを見て回る。

生徒たちはリサから教わった手順に従い、一生懸命生地を作っていた。

時折リサたちが、「もう少ししっかり混ぜるように」などと声をかけたり、生地をまとめるコツをアドバイスしたりする。生徒たちはそれを聞きながら、麺生地を作り上げていった。

全員が生地を完成させたところで、次は具材作りだ。

ラーメンの具材といえば、チャーシュー、味玉、メンマ、ネギ、もやしなど、挙げればきりがない。今日は、その中で一番手間のかかるチャーシューの作り方を教えようと、リサは考えていた。

二十センチ大の豚肉の塊《かたまり》を冷蔵庫から取り出し、太い糸で縛っていく。糸を格子状に巻きつけ、しっかり縛っていくのがポイントだ。ここで縛り方が弱いと、煮崩れしたり、旨《うま》みがお湯に溶け出したりしてしまう。

肉を縛り終えたら、次は煮汁の準備だ。

鍋に水、醤油《しょうゆ》、酒、砂糖、それと臭みを取るための香味野菜をいくつか入れる。砂糖を溶きながら軽く混ぜたら、糸で縛った豚肉を沈めて火にかける。

後はアクを取りつつ、ひたすら煮込むだけだ。

リサがここまでの工程をやってみるように伝えると、集まっていた生徒たちは、再び自分たちの調理台へと移動する。

だが、まだ十三、四歳の生徒たちにとって、肉を縛るのはなかなか難しそうだ。足りない力を補助するために、リサたち講師がそれぞれの調理台を回る。

煮汁に関しては、問題なく作れているようだった。

生徒全員が肉を煮汁の鍋に入れ、火にかけたのを確認したところで、リサは先へ進む。

ここからは各グループごとに、二つのチームに分かれて行っていく。

一つはチャーシューと麺《めん》を担当するチーム。そしてもう一つは、スープとタレを担当するチームだ。

チャーシューと麺を担当するチームには、チャーシューのアクを取る作業をしてもらい、スープとタレを担当するチームには、まずはリサが仕込んだスープを見てもらうことにする。

鶏がらや野菜が入った大きな寸胴鍋《ずんどうなべ》は、ボコボコと沸騰《ふっとう》していた。

「スープに関しても、初めのうちはアクが出ます。特に鶏がらからはたくさん出るので、アクを出し切るために一時間くらいは強火で煮込んでください」

リサは指導の合間にちょくちょくアクを取っていたのだが、それでもまだまだ出そうだ。お玉で浮かんでくるアクを掬《すく》っては、水を張ったボウルに入れる。

その作業を一通り見せたところで、今度はタレ作りを教えていく。

醤油ラーメンのタレのベースとなるのは、もちろん醤油だ。それに水、酒、砂糖、酢、煮干しの粉末、さらに香味野菜のペーストを合わせ、小鍋に入れる。

こちらは一度強火で煮立たせてから、火を弱めて煮詰めるのだ。

リサはここでも時折解説を交《まじ》えながら、調理手順を見せる。

この頃になると、調理室には鶏がらや豚肉の香ばしい香りが充満していた。徐々に火が通っていく豚肉を、早く食べたそうな顔でじっと見つめている生徒もいる。

しかし、完成はまだまだ先だ。

寝かせておいた生地を使って、麺《めん》作りの続きをする。

灰汁《あく》の効果で弾力のある生地になったことを確認したら、それを伸ばしていくのだ。

今回は手間を省《はぶ》くために、パスタマシンを使って伸ばしていくことにした。

パスタを作る時と同様、手で平らにした生地の表面に打ち粉をして、マシンにセットする。そして、側面に付いているハンドルを回す。

その作業を、生地が薄くなるまで何度も繰り返すのだ。

生地が薄くなったら、リサがラーメン用に特注で作ってもらった部品を、マシンに取り付ける。そしてまた生地を差し込み、さっきと同じようにハンドルを回す。

すると細長く裁断された生地が、マシンからするすると吐き出された。

そのままだと長すぎるので、三等分に切る。これで綺麗な麺が出来上がった。

だが、ここで終わりではない。

麺を適当な大きさにまとめ、手で揉んでいくのだ。

「こうすることによって麺が縮《ちぢ》れ、スープが絡みやすくなります」

そのリサの解説を、生徒たちは不思議そうに聞いていた。縮れ麺を見たことがないからだろう。

時折ほぐしながら揉むうちに、麺がウェーブ状になっていく。

それを一食分ずつに分けて丸め、通水性のいい木箱に並べて冷蔵庫に入れた。

生徒たちも同じ作業に取り掛かる。ここまで来ると、彼らも完成が近づいていることを実感できるはずだ。

だが残念なことに、今日はまだ食べられない。

チャーシューやタレを煮込む作業が終わったところで、授業は終了となった。


翌日。

いよいよ仕込んでおいたスープ、麺、具を合わせていく。

今日の授業の最後には試食が待っているということもあり、生徒たちは気合充分な面持ちで調理室にやってきた。

それぞれ自分のグループの調理台へ向かい、仕込んでいたものの状態を確認する。

色が濃くなり、見るからに味が染み込んでいそうなチャーシュー。

少しとろみのある濃厚なタレ。

講師用の調理台には、透き通った黄金色《こがねいろ》のスープが入った大鍋が、二つ置かれていた。

これは、リサと補佐役の講師が時間をかけてアクを取り、煮込んでおいたものだ。くたくたになった鶏がらや野菜を取り出し、さらに濾《こ》してある。

全員が揃《そろ》ったところで、リサが説明を始めた。

「まずは、ラーメンに入れる具材を準備します。今回は刻んだニーオレと、昨日仕込んだチャーシュー。それと、こちらで用意した味付け卵を入れます」

ニーオレとは、ネギに似た野菜だ。ただしネギと違って全体が真っ白で、緑色の部分はない。香味野菜の一種であるニーオレは、スープやタレにも使っている。

味付け卵は、リサたち講師が昨日から仕込んでいたものだ。授業時間の関係で今回は教えることが出来ないが、作るのはそれほど難しくないので、これも追々《おいおい》教えるつもりだった。

それぞれの具材を指定の切り方で切るようにリサが伝えると、多くの生徒たちはまずチャーシューから取り掛かった。

しっかり結んである糸を切ってほどくと、豚肉には糸の跡がくっきり残っていた。その表面は煮汁が染み込み、茶色く色付いている。

生徒たちが端《はし》っこを包丁で切り落とすと、脂身《あぶらみ》と赤身が綺麗に分かれていくつかの層になっている断面が見えた。

ギュッと縮まった肉は、いかにも食べ応《ごた》えがありそうだ。

おいしそうな匂いと質感に、生徒たちは思わずゴクリと喉を鳴らす。それでも、ラーメンのためにぐっと我慢し、チャーシューをスライスしていた。

そんな生徒たちの様子に気付いたリサは、小さく笑う。

「端《はし》っこの部分は使わないので、味見をしてもいいですよ～」

それを聞いた生徒たちは、「わぁ！」と目を輝かせる。そして両端の部分をグループの人数分に切り分けると、その場で口に放り込んだ。

しっかり染み込んだ煮汁の味わいが口いっぱいに広がる。それだけでも充分に美味だが、脂《あぶら》が舌の上で溶けると、甘みが出てさらにおいしい。

噛めばしっかりした歯ごたえがあり、中から肉汁があふれ出てきて、もうこれだけで立派なおかずになりそうだった。

もぐもぐと無言で食べる生徒たち。

だが、とろけそうな表情が、彼らの心情を雄弁に語っている。

「そのままでもおいしいけれど、ラーメンのスープに入れると脂身《あぶらみ》が程よく溶けてスープの旨味《うま》も染み込むから、さらにおいしいのよ！」

リサの言葉に、生徒たちは大きく目を見開いた。

「これよりもっとおいしくなるの!?」とでも言いたげだ。

チャーシューの試食が終わったところで、他の材料も切っていく。

ニーオレは根の部分を取り除いて、輪切りにする。

味付け卵は縦半分に切る。

そうして具材の準備が終わったところで、リサは再び生徒たちを集めた。

いよいよ最後の工程である、麺《めん》を茹《ゆ》でて盛り付ける作業に入る。

麺を茹でるためのお湯は、既に大きな鍋に準備してあった。

集まった生徒たちの前で、リサが彼らにとっては見慣れない道具を取り出す。

ザルに似ているが、形が違う。ザルよりも深さがある上に、持ち手がついている。その持ち手の先にはフックのようなものが付いていた。

「これはラーメンを茹でる時に使う専用のザルです。今回、特注で作ってもらいました。これがなくても茹でられますが、数人分を同じ鍋で茹でる場合は、あると便利なんですよ。実際にやってみますね」

リサはそう言って、ザルを鍋に入れる。

鍋にはザルを固定できるように、金属製の輪っかが取り付けられていた。

まずは一人分の麺を、ほぐしながらザルの中に入れていく。

ザルに入れられた麺が、しっかりとお湯に浸《つ》かった。

「麺がくっつかないように、時々箸《はし》でかき混ぜてくださいね」

麺は数分だけ茹でればよいので、その短い間に急いでスープを準備する。

小さなお玉で掬《すく》ったタレをどんぶりに入れ、そこに鶏がらと野菜から取った出汁《だし》を注ぐ。

箸《はし》でささっとかき混ぜると、透き通った飴色のスープが出来上がった。

醤油《しょうゆ》のタレと、じっくり煮出した鶏がらスープが混ざり、なんとも食欲をそそる匂いが広がる。

漂《ただよ》ってくるスープの匂いに、生徒たちがスンスンと鼻を鳴らした。

そこで、麺の方も茹で上がった。

リサはザルをお湯から引き揚げ、上下に振って湯切りをする。

そのままどんぶりの上に持ってくると、ザルを傾け、麺をスープの中にそっと入れた。

麺を一度箸で持ち上げて折りたたんだら、次は盛り付けだ。

スライスしたチャーシューを二枚のせ、その反対側には味付け卵。そして中央にニーオレを盛れば、完成だ。

「これがラーメンです。みんなも最後まで作ってみてください。出来た人から、広間に移動して食べていいですよ。時間が経つと、麺《めん》がのびてしまうので」

その言葉を聞いた生徒たちは、我先にと調理台へ戻っていった。

リサは自分で作ったラーメンの出来を確認するべく、その場で試食する。

どんぶりを左手で持ち上げ、箸で麺を掬《すく》うと、勢いよくずずーっと啜《すす》った。

「うん、おいしい！　やっぱり生麺《なまめん》は違うね！」

一人、調理室の隅でラーメンを味わっていると、補佐をしてくれている男性講師が、さささと寄ってくる。

「リサ先生、俺にも一口！　一口食べさせてください！」

期待に目を輝かせる彼に嫌と言えるはずもなく、リサはどんぶりを渡した。

それを嬉しそうに受け取ると、男性講師は麺を箸で持ち上げ、口に入れる。

ただ、リサとは違って啜るのではなく、箸で麺を折りたたむようにしていた。どうやら麺を啜ることが出来ないようだ。

リサが元いた世界では当たり前だった、麺を啜って食べるという行為は、フェリフォミアの人には難しいらしい。

そういえば元の世界でも、外国人の中には麺を啜ることが出来ない人もいると聞いたことがあった。

そばやうどん、ラーメンなど麺料理を食べる機会の多い日本人にとっては、自然と身についている食べ方だけに、リサは不思議に思う。

また、リサ個人としては啜って食べると熱さが和《やわ》らぎ、味や香りが強く感じられるような気がして、さらにおいしく思えるのだが……

一口と言いつつも、箸が止まらない男性講師に苦笑すると、リサは生徒たちの様子を見に向かった。

「これ、一度に何人分作れる？」

アメリアが自分のグループのメンバーに尋ねた。

すると、ハウルが例のザルを鍋にセットしてみながら答える。

「ザルを二つ同時に鍋に入れられるから、二人分かな？」

コンロの大きさの関係で、彼らの前にある鍋は、リサが麺を茹《ゆ》でていた鍋よりもやや小さい。

「じゃあ、私が先に作りたい！　っていうか先に食べたい！」

アメリアは手を上げて飛び跳ねながら主張した。

ルトヴィアスは文句を言うかと思いきや、涼しい顔で首肯《しゅこう》する。

「いいんじゃないか？　アメリアとリリナが先に作れよ」

彼は四人グループのメンバーの一人である、小柄な女子生徒——リリナに言った。

「え？　いいの？」

あまり自己主張が強くない彼女は、遠慮がちにルトヴィアスを見上げる。

「僕も後でいいから、女の子二人が先に作りなよ」

ハウルの言葉に背中を押され、リリナは頷《うなず》いた。

彼女たちは先程リサがやってみせた手順を思い出しながら、ラーメンの仕上げに取り掛かる。

麺《めん》を茹《ゆ》でるお湯が沸騰《ふっとう》したところで、鍋に専用のザルをセットし、麺を投入した。

箸《はし》でささっと麺をかき混ぜたら、次の作業に移る。

リリナが講師用の調理台から二人分のスープを取ってきてくれるというので、アメリアは二つのどんぶりにタレを入れておく。

そしてリリナが戻ってくるまでの間、麺を茹でているお湯が噴きこぼれないように見守っていた。

やがてリリナがスープの入ったどんぶりを慎重に運んできたところで、麺の方もちょうどいい頃合いとなった。

アメリアはザルをお湯から上げ、軽く振ってお湯を切る。そのままスープの入ったどんぶりに麺を移そうとする。

だが、麺がザルから勢いよく滑り落ち、スープが少し調理台にこぼれてしまった。

「気を付けろよな」

呆れ顔で言ったルトヴィアスに、アメリアは「ちょっと勢いが付きすぎただけ！」と反論する。

そして麺の上に具材をのせようとしたアメリアは、ふと手を止めた。何か忘れているような気がしたのだ。

隣のリリナを見てみると、麺を一度箸で持ち上げ、形を整えている。

そうだったと気付き、アメリアもそれに倣《なら》う。

麺の形を整えたら、チャーシュー、卵、ニーオレをのせ、ついにラーメンが完成した。

「うっわぁ、おいしそう！」

湯気が立ちのぼる出来立てのラーメンに、アメリアは感嘆の声を上げる。

「時間が経つと麺がのびちゃうらしいから、二人は早く大広間に行きなよ」

ハウルがそう言ってくれたので、アメリアはリリナと共に大広間へ向かった。

調理室を出て正面にある扉に入ると、そこが大広間である。

天井が吹き抜けになっているその広間は、主に昼食を取ったり集会を開いたりするのに使われている。

アメリアたちはトレーにのせたラーメンを持って、二年生に割り当てられた長テーブルに座る。

どうやらアメリアとリリナが一番乗りだったらしく、他には誰もいなかった。

「私たちが一番早かったみたいだね」

リリナがそう言いながらテーブルにトレーを置いた。

「ということは、一番早く食べられるんだ！」

アメリアが目を輝かせて言うと、リリナはクスクスと笑う。

「そうだね。さっそく食べよう」

二人で食前のお祈りをして、フォークを手に取る。

麺《めん》を掬《すく》い、ふーふーと息を吹きかけてから口に運んだ。

これまでに食べたことのない、つるりとした舌触りの麺。うどんともパスタとも違う味わいに驚きながら、二人は咀嚼《そしゃく》する。

鶏がらの出汁《だし》がきいたスープと醤油《しょうゆ》のタレがちょうどいい割合で混ざり合い、麺によく絡んでいた。

「ふぉぉぉ！　おいしい！」

思わず変な声が出てしまったアメリア。

リリナも目を大きく見開き、しみじみと感想を口にする。

「おいしい……作るのに二日かかっただけはあるね」

リリナの言葉に、アメリアもうんうんと首を振る。

そこで二人は会話を止め、ラーメンを食べるのに集中した。

蓮華《れんげ》でスープだけを飲んでみると、鶏がらや野菜の濃厚な出汁が口いっぱいに広がる。

糸で縛るのに苦労したチャーシューは、リサの言う通り、さっき味見した時よりもっとおいしく感じた。

スープに浸《つ》かったことで肉の脂身《あぶらみ》が溶け、柔らかさが増しているのだ。

噛まなくても身がほろっと崩れ、肉汁がじわっと染み出した。

味付け卵も、またおいしい。中まで味が染みた卵は単品でも充分食べ応《ごた》えがあるが、口の中でスープと混ざると格別だ。

ニーオレも地味ながらいい働きをしていた。

肉や卵といったタンパク質や、鶏がらの濃厚なスープを、独特の香りでさっぱりとさせてくれる。これがあるのとないのとでは、雲泥《うんでい》の差だろう。

夢中で食べ終えた二人がどんぶりから顔を上げると、いつの間にかハウルとルトヴィアスが隣に座っていた。

いつ来たのかわからないが、彼らも夢中でラーメンを食べている。

周囲を見回してみると、他の生徒たちもそうだった。

リサがそんな生徒たちの様子を、ニコニコしながら眺めている。

こんなに人を夢中にさせるラーメンとは、なんとすごい料理なのだろうか。

アメリアはなんだか感動してしまう。

ラーメン作りをマスターすれば、合同授業の成功は間違いないと思えた。


合同授業で作る料理は、生徒たちの満場一致でラーメンに決定した。

おいしさはもちろんのこと、当日に手早く作れることもその理由だ。事前に準備さえしていれば、会場では麺《めん》を茹《ゆ》で、タレとスープを合わせて盛り付けるだけで済む。

作る料理が決まったところで、本格的に準備が始まった。

まずは会場で使う設備についてだ。

話し合いの結果、花祭りの屋台を参考にして、移動式の調理台を特注することになった。リアカーにコンロと作業台がのっているものを十台、リサが手配する。

特注となるとそれなりに費用が掛かるが、これから毎年使うことになると思われるため、国から予算が下りたらしい。

だが、ここで一つ問題がある。

ジークが言うには、合同授業が行われる競技場には観戦席はあるものの、食事をするためのテーブルはないそうだ。

そこで、器《うつわ》の方を工夫しようということになった。

ジークが、大きめのマグカップにフォークをつけたらどうかという意見を出した。

マグカップだと量が少ないのでは？　という意見が他の講師から出たが、キース曰《いわ》く合同授業でふるまう料理は半人前で充分だという。

それというのも、合同授業の日はお昼休みがあり、生徒たちは自分で持ってきた昼食を食べることになっているからだ。

そうして、器に関してはジークの意見を採用することに決まった。

これで設備や器について話がまとまったため、あとは肝心のラーメン作りを、生徒たちがしっかりマスターするだけだ。

そしてリサの指導のもと、何度も練習が行われた。

リサは醤油《しょうゆ》ラーメンの他に、味噌、豚骨、塩という三種類のスープを生徒たちに教えた。

また、麺《めん》にも色々な種類があり、スープとの相性がある。

初めに作った醬油《しょうゆ》ラーメンには中細《ちゅうぼそ》の縮《ちぢ》れ麺を合わせたが、太さや形状によってスープの絡み方が違うし、味わいも変わってくるのだ。

具材もまだまだ工夫の余地がある。

チャーシュー、味付け卵、ニーオレは外せないとして、他に何を加えるか。生徒たちは意見を出し合い、頭を悩ませた。

日々試行錯誤《しこうさくご》が続き、二年生が主に使っている第一調理室では、常に鍋でスープを煮込むグツグツという音がしている状態だった。

合同授業まで一週間を切る頃になって、どんなラーメンを作るかがようやく決まった。

色々と試したものの、やはり醬油ラーメンがいいということになったのだ。

麺も最初に作った中細の縮れ麺。そして具材は器《うつわ》の形状を考えるとあまり多くのせられないため、これまた最初に作った三種類の具材をのせることにした。

結局は原点に立ち戻ったような結果となったが、色々と試したり話し合ったりした過程は、決して無駄ではない。

それぞれの特性や味の違いがわかり、生徒たちにとって貴重な経験となった。

そして醤油以外のラーメンを作るには、まだ自分たちには技量が足りないということもわかったのである。

自分たちの今の立ち位置をしっかりと認識し、生徒たちは合同授業に挑むこととなった。

合同授業の二日前から、生徒たちはラーメンの仕込みを始めた。

スープは鶏がらと煮干しをベースにし、野菜もふんだんに使う。

タレは二種類の醤油を合わせ、さっぱりとしつつも味わいがあるものにする。

麺は男子生徒たちが前日にしっかり捏《こ》ねて、コシのある麺を作り上げた。

具に関しても、準備に抜かりはない。半熟に茹《ゆ》でた卵の殻《から》を丁寧にむき、タレに浸《つ》けて味を染み込ませておく。

チャーシューは何度も作るうちに肉の縛り方が上達し、今では生徒全員が綺麗な格子状に縛り上げることが出来る。

旨《うま》みと肉汁をしっかりと閉じ込めた、上質なチャーシューに仕上がるだろう。

もちろん生徒たちにとっては初めての合同授業だが、料理科の講師陣にとってもそれは同じである。

緊張しているのは生徒だけではなく、リサたちもだった。

「ここが競技場か……」

ルトヴィアスは、目の前の大きな建物を見上げて呟《つぶや》いた。

その建物は上空から見ると円形をしているらしく、高い外壁は曲線を描いている。決して華美ではないが、見るからに頑丈そうな石造りの建物だ。

リサ、ジーク、キース、そして新任の講師たちに引率《いんそつ》された生徒たちは、特注の移動式調理台を押して、合同授業が行われる競技場にやってきた。

競技場の中に入ると、平らにならされた地面が楕円形《だえんけい》に広がっている。その周りには観戦席が傾斜状に設けられていた。

観戦席には、既に学院の制服を着た生徒たちがちらほら座っている。

他の学科が発表している時は観戦席で見学することになっており、学科ごとに座る場所が決められているのだ。

料理科の生徒たちは、ひとまず移動式調理台を、臨時のスペースに置かせてもらう。

移動式調理台は材料や器具などを収納することが出来、ほこりが入らないようになっている。そのため、屋外に置いていても安心なのだ。

十台の調理台を、競技場の一角にきっちり並べると、生徒たちは観戦席に移動する。

料理科に割り当てられたのは一番端《はし》で、隣は一般教養科だった。

コック服でやってきた料理科の面々に、一般教養科の生徒たちから物珍しそうな視線が飛んでくる。校舎が奥まった場所にあり、あまり他の学科と交流のない料理科が気になるのだろう。

まだ設立二年目で、合同授業も今回が初参加であることもあって、注目されているようだった。

料理科の生徒が「おはようございます」と挨拶《あいさつ》するとちゃんと返してくれるので、決して悪感情があるわけではないらしい。

今日一日はこうして注目されるんだろうなと、料理科の生徒たちは思っていた。

とはいえ、こういう場面は普段からちょくちょくある。

学院に数十年ぶりに出来た新学科である上に、二学年には二十名しか在籍していない。

これまでも嫌というほど注目されてきたので、既に慣れっこであった。

「みんなー、注目！」

そのリサの声に、料理科の生徒たちは一斉に視線を向ける。

「料理科の発表順は三番目。ちょうどお昼になる頃です。その前に二つの学科の発表があるので、みんなでそれを見学させてもらいましょう」

「はい！」

料理科の出番は三番目。五つある学科の中で真ん中だ。

順番がわかるとますます緊張してしまい、生徒たちは硬い表情になった。

「お前ら、今から緊張してたら、順番が回ってくる頃には疲れ果ててるぞ」

キースが苦笑しながら言った。

「でも、どうしても緊張してしまって……」

いつもにこやかな笑みを浮かべているハウルが、少し青ざめた顔でキースを見上げる。

キースは珍しいなぁと思いつつ、子供らしい一面に笑いがこみ上げる。

「諦めて緊張してる自分を受け入れろ。そしたら楽になるぞ」

「諦める？」

キースの言葉に、ハウルが不思議そうに首を傾ける。

他の生徒たちも、一様に首を傾げた。

「緊張してる時って、もうどうしようもないだろう？　だからいっそ開き直って、緊張するのは仕方ない、思う存分緊張しようって思い込むんだ。そうすると、なぜか気分が落ち着いてくる」

キースの持論だが、これが意外と緊張を軽くしてくれるのだ。

生徒たちに目を向けると、さっそく実践しているのか、各々《おのおの》目を瞑《つぶ》ったり、胸の上に手を置いてぶつぶつ呟《つぶや》いたりしている。

少しでも気休めになればいいなと思いながら、キースはその様子を見守った。

しばらくすると、かっちりとした衣装に身を包んだ学院長が、競技場の中央に登場した。

彼の後ろには、二人の男女が立っている。

学院長は傾斜になっている観戦席を見上げた。そして、手に持った拡声用の魔術具に向かって口を開く。

「学院専門課程の二年生の皆さん、おはようございます。私は学院長のパトリック・トレンティンです。今日は皆さんが日々学んでいることを充分に発揮して、それぞれの発表に臨んでください。他の学科の生徒と積極的に交流し、お互いに切磋琢磨《せっさたくま》できる関係を築けるよう祈っています」

学園長はそう言って挨拶《あいさつ》を締めくくると、後ろで待機していた男女に視線を向けた。

すると、男性の方が一歩前に出て、拡声の魔術具を口に当てる。

「では、これから発表を開始します。一番手の一般教養科は準備を始めてください」

いよいよ合同授業が始まる。

料理科の隣に座っていた一般教養科が席を立ち、競技エリアの方へと向かった。

緊張していた料理科の生徒たちも、他の学科の発表が気になるようで、好奇心に満ちた視線を一般教養科の生徒たちに向けている。

そのおかげか、先程までの張りつめた空気は和《やわ》らいでいた。

競技場に降りた一般教養科の生徒たちは、クラスごとに発表を行うらしく、三つのグループに分かれて準備を始める。

一つのクラスが大きな板を掲《かか》げて、観戦席のすぐ前に進み出た。

発表の内容は、フェリフォミア王国の歴史についての考察だ。

幼い頃家庭教師から教えられた内容だったので、ルトヴィアスは興味深げに見ていた。

当時は退屈でしかなかった勉強も、今になると違った見方が出来る。それに一般教養科の発表はルトヴィアスが学んだものよりも詳しい内容だったため、なかなか面白かった。

一方、隣に座るアメリアはうんうん唸《うな》りながら、眉間《みけん》に皺《しわ》を寄せている。

「うーん、難しくてあんまりわからない……」

一般教養科は、文官を目指す生徒が多い。そうでなくとも貴族の屋敷の執事や侍女など、教養が求められる職業に就《つ》くことがほとんどだ。

そのため、歴史、算学、言語などの知識に加え、礼儀作法を学び、国政を支える優秀な人材を多く輩出《はいしゅつ》している。

ちなみに王宮の文官は、ほぼ全員が一般教養科を卒業している。ルトヴィアスの家で家令をしているアメリアの父親も、学院の一般教養科の出身である。

残る二つのクラスの発表も、似たような内容だった。

ルトヴィアスにとっては意外と面白かったのだが、他の生徒にとってはそうでもないらしい。周りを見回すと、つまらなそうにあくびをしたり、居眠りしたりしていた。

その様子を、ルトヴィアスは呆れ顔で眺める。

まあ、ここ一か月は通常の授業を受けながら、放課後はラーメンの特訓に熱を入れていたのだ。常に気が張っていたのだから、ここに来て緩《ゆる》んでしまうのも仕方がないだろう。

かくいうルトヴィアスも、それなりに疲労は溜まっている。

一般教養科の次に登場したのは、魔術具科だ。こちらも一般教養科と同様、クラスごとに分かれて発表を行うらしい。

初めに出てきたクラスは白い布を張った板を設置し、一人の生徒が小さな箱型の魔術具を手にしていた。

代表の生徒の説明によれば、その箱型の魔術具には、紙に書いた文字を拡大して白い布に映し出す機能があるという。

実際に魔術具を起動させると、白い布に黒っぽい色で『学院　二年　合同授業　魔術具科』という文字が映し出された。

どうやら魔術具の下にセットされている紙に書かれた文字を映し出しているらしい。

一人の生徒が魔術具から紙を外すと、白い布からは文字が消える。その生徒が観戦席に紙を掲《かか》げて見せた。

遠目ではなんと書いてあるかわからないが、おそらく白い布に映し出されていた文字が書いてあるのだろう。

「おおー！」

観客席から大きな歓声が上がったところで、そのクラスの発表は終わった。

次のクラスは、音を記憶させる魔術具を作成したそうだ。

音を出す部分が花のような形になっており、土台となる箱型の本体の横には、ハンドルがついている。

生徒がハンドルと回すと、楽器で演奏された音楽が流れてきた。

なんだかこもった音ではあるが、確かに音楽には違いない。

音が少し変なのは、通信用の魔術具で話す時に、相手の声がいつもと違って聞こえるのと同じことなのかなとルトヴィアスは思った。

最後のクラスが発表したのは、調理器具だった。料理科の調理室にもある、据え置き式の大型ミキサーだ。

一人の生徒が、ミキサーの中にミルクを入れる。どうやら生クリームを作ってみせるつもりらしい。

泡立て器の形をした部品をセットして、魔術具を起動させる。すると本体がガタゴト振動し、泡立て器が回った。

「おおー」

他の学科の生徒たちから歓声が上がるが、料理科の生徒たちの反応は違った。

料理科の生徒たちはみな「あれじゃ生クリームは出来ないな」と思っていた。

なぜなら、彼らがボウルに入れたのは普通のミルクだったからだ。生クリームを作るには、熟成したミルクでなければならない。

リサ曰《いわ》く、熟成させるとミルクの脂肪分が増すそうだ。脂肪分が少ないと泡立たず、クリーム状にはならない。

ちなみに熟成したミルクはとろみがあり、やや黄みがかった色をしている。遠目にも、ミキサーに入っているミルクは白くてシャバシャバしていたため、普通のミルクだとわかった。

その証拠に、表面に大きな泡がいくつも出来ているが、生クリーム特有のもったりとした感じになる様子はない。

見かねたリサが観戦席から降りて、魔術具科の講師のもとへ向かった。

突然やってきたリサに驚いた顔をする講師だったが、リサからミルクのことを聞いたのか、慌てて生徒たちのところへ走る。

結局、ミルクは生クリームにはならなかった。だが、どうやって使うかということは実演できたため、魔術具科の発表はそこで終わりとなる。

次はいよいよ料理科の番だ。

「じゃあ、みんな準備を始めてください」

観戦席に戻ってきたリサが、生徒たちの顔を見回しながら声をかけた。

その声に頷《うなず》き、生徒たちは競技場へと降りていく。

まずは移動式調理台を、あらかじめ決めていた場所まで移動させる。他の学科が座っている席のすぐ前に、十台の調理台を等間隔に配置した。

そして調理台の上に、収納していた鍋や道具などを準備する。

初めに行うのは、水を張った鍋とスープの入った鍋をコンロにのせ、火をつけることだった。沸騰《ふっとう》するまでは時間がかかるため、最初にこれをしなければ時間がなくなってしまう。

その間に、タレや具を盛り付けしやすいように並べ、どんぶり代わりとなるマグカップやフォークなども準備する。

鍋は十分ほどで沸騰《ふっとう》し、準備は万全となった。

中央の調理台にいるルトヴィアスとアメリアのもとへ、ジークが拡声用の魔術具を持ってやってくる。

二人は生徒たちを代表して、ラーメンについて説明することになっていた。

彼らはジークから魔術具を受け取ると、観戦席の前に進み出る。

拡声用の魔術具を持ったルトヴィアスに、会場中の目が向けられていた。

彼は怯《ひる》みそうになるのをぐっとこらえ、料理科の代表として胸を張る。

一度アメリアの方を向くと、彼女は小さく頷いた。それに頷き返してから、ルトヴィアスは話し始める。

「料理科は、ラーメンという料理を作ってみせます。もちろん皆さんに食べていただくつもりですから、楽しみにしていてください。その前に、ラーメンとはどんな料理かを説明します」

そこまで言うと、彼はアメリアに魔術具を渡した。

ラーメンの詳しい説明はアメリアの担当だ。

「ラーメンとは、小麦粉で作った細い麺《めん》をスープに浸《つ》けて食べる料理です。スープは鶏がらから出汁《だし》をとった醤油《しょうゆ》味で、具材は豚肉で作ったチャーシューと味付けしたゆで卵、刻んだニーオレです。とってもおいしいので、ぜひ味わって食べてください」

アメリアはさほど緊張していないらしく、ニッコリ笑いながら説明した。その様子に感心しつつ、ルトヴィアスはその後を引き継ぐ。

「全員分あるので、順番に取りに来てください。では、始めます」

その言葉で、料理科の生徒たちは一斉に動き出した。

一つの調理台に、生徒は二名ずつ。

麺を茹《ゆ》でてスープを作る役と、具を盛り付けて観戦席まで運ぶ役だ。

観戦席まではそれほど距離がないので、最前列で待機している生徒にラーメンを持ったマグカップをすぐ渡せるようになっていた。

麺を茹でる鍋には専用のザルが五つセットされており、同時に五人分作れる。

一つの調理台につき五十食。それだけ多くの数を作るのは初めてだが、しっかりと予行演習はしてあった。

そうこうしているうちに、最初の麺が茹で上がる。

ルトヴィアスはシャッシャッと手早くお湯を切り、熱々のスープの中に麺を移す。それを箸《はし》で軽く混ぜると、アメリアに引き継いだ。

アメリアはチャーシュー一枚、味付け卵を半分、ニーオレをひとつまみ盛り付け、フォークと一緒に観戦席へと運ぶ。

「お待たせしました、ラーメンです。熱いので気を付けて」

そう言って、マグカップの持ち手の部分を一番前の生徒に渡した。

最初に渡した相手は、騎士科の男子生徒だった。いい香りがするラーメンにゴクリと喉を鳴らし、そそくさと自分の席へ戻っていく。

後ろで順番を待っている生徒たちは、その様子を羨《うらや》ましそうに目で追っていた。

アメリアは出来上がったラーメンを、生徒たちに次々と渡していく。

ルトヴィアスも空《から》になった鍋のザルに、新たな麺を投入しては茹でていった。

秋空の下、気温は肌寒いくらいなのに、大きな鍋が沸騰《ふっとう》しているコンロの近くはかなり暑い。

ルトヴィアスは汗だくになってスープを作り、麺を茹でる作業をひたすら続けた。

一度に五人分の麺《めん》を茹《ゆ》でるのを十回続けた頃、ようやく生徒の列が途切れた。

周りを見ると、他の調理台もそのような状態だ。

ザルを振り続けてだるくなった右腕を揉みながら、ルトヴィアスはアメリアを見る。

彼女も疲れた顔で額《ひたい》の汗を拭っていた。

「お疲れ。思ったよりきつかったな……」

ルトヴィアスはハァと息を吐く。

すると、アメリアは弱々しい笑みを浮かべた。

「とりあえず五十人分は作れたかな？　無事に終わってよかったね……」

ほっとした様子で胸を撫で下ろしたアメリア。

ルトヴィアスも同じ気持ちだった。

毎日忙しそうなカフェ・おむすびの人たちを見て、その大変さはわかっていたつもりだった。だが、いざやってみると想像以上だったのである。

しかも、ルトヴィアスたちはラーメンしか作っていないが、リサたちは違う。お客さん一人一人に違う料理を作っては出していくのだ。

その大変さが身に染みてわかり、ルトヴィアスはまだまだ頑張らないとな、と思った。

料理科の発表が終わると、そのまま昼休憩になった。

残ったラーメンは皆で食べていいというお達しが出たので、料理科の生徒たちは解放感とラーメンを食べられる嬉しさに歓声を上げた。

ルトヴィアスとアメリアも、残った材料を使って自分たちの分のラーメンを作る。

ただ、それだけでは足りないので、それぞれ自宅から持ってきたサンドイッチも一緒に食べることにした。

すぐに片付けをしなければならないため、行儀は悪いが、調理台にラーメンとサンドイッチをのせて、立ったまま食べる。

同じグループのハウルとリリナもやってきて、四人で食べることになった。

「ハウルたちはどうだった？　俺はさすがに最後の方、腕が痛かったぞ……」

ルトヴィアスがそう言って、パクリとチャーシューを頬張《ほおば》る。

「それは僕もだよ。初めはリリナが麺の担当だったんだけど、辛そうだったから途中で交代したんだ」

ハウルの言葉に、その手があったかと今さらながら驚き、ルトヴィアスは目を見開く。

「そうか、私たちも途中で交代すればよかったね」

アメリアも今になって気付いたようで、肩を竦《すく》めて呟《つぶや》いた。

ちなみにハウルとリリナの調理台は、魔術師科の生徒の席の前だったらしい。

「話をする暇は全くなかったけど、あの子たちもルトと同じように、精霊と契約してるんでしょ?」

そう言いながら、ハウルはルトヴィアスの頭や肩のあたりに視線を彷徨《さまよ》わせている。

どうやらルトヴィアスの精霊が、そのあたりにいると思っているらしい。

「おいハウル、シャーノアなら、お前のすぐ目の前でラーメン食ってるぞ」

「ええ!?」

ぎょっとしたハウルが視線を向けたところには、器用にフォークを持ち上げ、一本の麺《めん》をパクパクと食べる精霊がいる。だが残念なことに、ハウルには見えていない。

ルトヴィアスの言葉に、精霊のシャーノアは、きょとんとして食べる手を止めた。

シャーノアはルトヴィアスが小さい頃に一緒に遊んでいるうちに、たまたま契約してしまった水の精霊だ。

ウェーブした紫色の髪は肩口までの長さで、瞳は青い。そしてルトヴィアスの髪と同じ水色の、ゆったりとした服を着ている。

精霊に性別はないが、男の子に近い姿だった。

いつの間に知り合ったのか、リサの精霊バジルに影響され、最近はルトヴィアスの作ったご飯を食べるようになった。

初めは妙に思ったものの、シャーノアが自分の料理をおいしいと言って食べてくれるのは嬉しい。だからルトヴィアスは何かを作るたびに、自分の分をシャーノアに分け与えるようになったのである。

今もシャーノアは、ルトヴィアスが作ったラーメンを夢中で食べている。水色の服にスープがはねているのは、ご愛嬌《あいきょう》というものだ。

「確かに、フォークが動いてる……」

精霊が見えなくても、フォークや麺は見える。

こうした光景を見慣れているアメリアとは違い、ハウルとリリナはシャーノアがいるであろう場所を、まじまじと見つめていた。

当のシャーノアはといえば、マイペースな性格であるためか、二人の視線を気にした様子もなくラーメンを食べ続けている。

そんな中、ルトヴィアスたちに近づいてくる人影があった。

「あの……」

背後から声をかけられ、ルトヴィアスは振り返る。

そこにいたのは、体全体を覆うマントを身につけた、魔術師科の男子生徒だった。

背の低い男子生徒の頭の上には、精霊がのっている。その精霊は真っ青な長い髪を持ち、女の子の姿をしていた。

突然話しかけられたルトヴィアスたちは、心当たりがなかったので、互いに顔を見合わせた。

「何か？」

ハウルが代表してそう問いかけると、男子生徒から期待のこもった目で見つめられた。

その男子生徒が、興奮した様子で口を開きかけた時——

「おい、ニーノ!!」

彼の後ろから、同じ魔術師科の男子生徒が走ってきた。

赤毛で短髪の男子生徒は、ニーノと呼ばれた生徒よりもだいぶ背が高い。魔術師科の制服を着ていなければ騎士科の生徒に見えるくらい、体格がよかった。

「ウリッセ、どうしたの？」

はあはあと息を切らして走ってきた男子生徒——ウリッセに、ニーノはきょとんとした。

「どうしたじゃねーよ！　何、一人でこんなところに来てるんだ！」

こんなところ、という言い方に、ルトヴィアスは引っかかりを覚える。

「だって、らーめん？　っていうのがおいしかったから、話を聞きたいと思って……」

なぜ怒るのかわからないというように目を瞬《しばた》かせ、ニーノは言った。

「ハァ……。別にそこまでする必要はないだろう。それに話が聞きたいなら、こんなぺーぺーのやつらじゃなくて、もっとちゃんとした料理人に聞けばいい」

どこか自分たちを馬鹿にするような言葉に、ルトヴィアスはカチンときた。

憮然《ぶぜん》とした表情でウリッセに言い返す。

「おい、俺たちがちゃんとした料理人じゃないって言うのかよ」

そのルトヴィアスの言葉に、今度はウリッセが反応した。

彼は不機嫌そうな表情を浮かべてルトヴィアスに向き直る。

「お前らは、まだ料理人じゃないだろう。当たり前のことを言っただけだ」

ふんと鼻を鳴らし、そう言い捨てるウリッセ。

ルトヴィアスは一層苛立《いらだ》った。

「そうか、まあ確かにそうだよな。だが、それを言うならお前だって魔術師じゃない。ただ魔術師科に在籍しているだけのぺーぺーだろ」

ルトヴィアスも、わざと馬鹿にするような口調でそう言い返した。

途端にウリッセの表情が変わり、眉がつり上がる。

「お前、今侮辱《ぶじょく》したな！　精霊と契約した時点で、俺たちは魔術師だ！」

「はっ、契約した時点で？　寝ぼけたことを言うなよ。精霊と契約しても魔術を制御できなければ魔術師とは言えないだろ！」

ルトヴィアスがさらに反論すると、ウリッセの顔が見る見る赤くなる。

それを見ていたニーノはあわあわと焦り出した。

ウリッセは、ルトヴィアスを憎らしげに睨《にら》みつける。

「うるさい、うるさい!!」

癇癪《かんしゃく》を起こしたように怒り出すウリッセ。

同時に、彼の周囲に火花が散った。

バチッバチッという音と共に、黄色い光があちこちに飛ぶ。

ルトヴィアスが「あっ」と思った時には、調理台の隅にかけてあったアメリアのエプロンに着火していた。

その部分から、ぼっと火が上がる。

「わ、私のエプロン!!」

慌ててエプロンに駆け寄ろうとするアメリアの腕を掴《つか》み、ルトヴィアスは彼女を背に庇《かば》う。

早く消火しなければ、燃え広がってしまう恐れがある。

ルトヴィアスの視界の隅で、ウリッセが真っ青になっていたが、今は彼に構っている暇などない。

調理台の上でサンドイッチを食べていたシャーノアに、ルトヴィアスは視線を送る。間にルトヴィアスの体があるので、ウリッセからはシャーノアの姿が見えていない状態だった。

「シャーノア！　水だ！」

ルトヴィアスが声をかけると、シャーノアはスッと飛び上がり、ルトヴィアスの目の前にやってきた。

「お安い御用です、マスター」

そう言ってシャーノアが両手を突き出すと、ふわりと風が起こる。そして、その手の先から水が噴き出した。

勢いよく噴き出した水は、一直線に燃えたエプロンへと向かう。

すると一瞬にして火が消え、その場には焦げて真ん中に穴が開いてしまったエプロンだけが残された。

「うわー！　私のエプロンがー!!」

無惨な姿となったエプロンに、アメリアが絶望的な声を上げる。

エプロンから火が上がったのを周りにいた人々も目撃していたようで、リサを始めとする講師たちが駆けつけてきた。

ひとまずほっとしていたルトヴィアスに、ニーノが問いかけてくる。

「……君も魔術師なの？」

彼は驚いたように目を見開き、ルトヴィアスとその横に浮かぶシャーノアに視線を向けていた。

ニーノの横には、真っ青な顔をしたままのウリッセが呆然と立っている。

「精霊と契約しているという点で魔術師だというなら、俺も魔術師と言えるだろう。こうして精霊の力を借りて魔術を使うことも出来るしな。でも、俺自身は自分が魔術師だとは思っていないし、なりたいとも思わない。俺は料理人になりたいからここにいるんだ」

ルトヴィアスは、きっぱりと言った。

「そうなんだ……」

やや納得しきれていない様子ではあるが、ニーノは頷《うなず》く。

しかし、ウリッセは違った。

講師がやってきたのにも構わず、ルトヴィアスに言い放つ。

「なんでそこまで上手に魔術を使えるのに、魔術師科に入らないんだ!? 選ばれた者だけが持つすごい才能なのに、どうして……っ」

悔しそうに顔を歪めるウリッセに、ルトヴィアスは「あー」と言いながら頭を掻く。

「別に理解してもらおうとは思ってない。俺の場合、出来ることとやりたいことが違ったんだ。だから才能がある道より、自分の進みたい道を選んだにすぎない」

料理科に入学する前に、散々自問自答を繰り返したことを、今さら人から言われるとは思っていなかった。

当時はあれほど思い悩んだのに、今は不思議と心が凪《な》いでいる。ルトヴィアスの中では既に折り合いがついているからだろう。

ウリッセはルトヴィアスの言葉を理解はしたようだが、納得は出来ないらしく、唇を噛み締めている。

と、そこでリサが困惑した表情を浮かべて、ルトヴィアスとウリッセに問いかけた。

「何があったの?」

一緒に来た魔術師科の講師も、同じく困った顔をしている。

なんと説明したらいいかと言葉に詰まるルトヴィアスを見かねて、ハウルがためらいがちに説明を始めた。

「ニーノくん？　が、料理の話を聞きたくてここに来たみたいなのですが、そのあと来たウリッセくんとルトヴィアスが、口喧嘩《くちげんか》になって……そしたら火花が散って、置いてあったアメリアのエプロンに引火したんです。それを、ルトヴィアスの精霊が消してくれました」

「私のエプロン……」

アメリアは余程ショックだったのか、ハウルの傍《かたわ》らで嘆いている。

説明を聞き、初めに口を開いたのは、リサではなく魔術師科の男性講師の方だった。

「ウリッセ、今の話は本当か？　火花ということは、お前が魔術を使ったんだな」

ハウルの話を疑っているわけではなく、本人に確かめるために聞いたようだ。彼は厳しい表情でウリッセの言葉を待っている。

「……はい」

ウリッセは後ろめたさからか、視線を逸らして言った。

「当然わかっていると思うが、一般人に対する魔術の行使は厳重に罰せられるべき行為だ。話を聞く限り故意ではないと思うが、たとえ暴発したのだとしても、決して許されることではない」

何も答えないウリッセに、講師はため息を吐《つ》いた。

「ウリッセ、魔術が暴発したのは、お前にルトヴィアスくんを攻撃しようと思う気持ちが少なからずあったからだ。お前の精霊は、それに応《こた》えたに過ぎない。日頃から言っているが、精霊と気持ちが繋がっているからこそ、いつでも心を静めて冷静であれ。精霊と契約している我々は、常に気を付けていなければならないのだよ」

表情と同じ厳しい口調で、魔術師科の講師は語る。

落ち着いた低い声で語られる言葉は、荒々しく責め立てられるより、ウリッセの心に刺さるだろう。

しゅんとしているウリッセとニーノをじっと見つめていた講師は、やがてリサたちの方に向き直った。

「うちの生徒がご迷惑をおかけし、申し訳ありませんでした」

頭を下げてきっちりと礼をした男性講師に、リサも慌てて頭を下げる。

「いえ、こちらこそ！　口喧嘩《くちげんか》が原因だというのなら、そちらの生徒さんだけが悪いわけではないのでしょうし……」

リサの言葉に、ルトヴィアスはうっと詰まる。

確かに煽《あお》ったルトヴィアスにも、責任の一端はあるだろう。

「そちらの生徒さんのエプロンは、こちらで弁償します。それと……」

そう言って、男性講師はルトヴィアスに目を向けた。

「君はルトヴィアス・マティアスくんだね？」

「……はい、そうです」

急に話を振られ、少し驚きながらも、ルトヴィアスは頷《うなず》く。

すると、男性講師はニヤリと笑った。

「君の話は聞いているよ。魔術師科の推薦入学の話を蹴って、料理科に進んだと。精霊魔術を完璧に制御できるだけでなく、既に魔術師として認定もされているそうだね。さらにその認定をしたのが、魔術師庁長官補佐ロロ・ミレン殿だとか」

男性講師の言葉に、ニーノとウリッセは息を呑んだ。

自分たちと同い歳で、既に魔術師の認定されている子供がいるとは、思わなかったのだろう。

それだけでも驚きなのに、さらにそれを認定したのがロロ・ミレンだということに、二人は驚きを隠せないようだ。

ロロ・ミレンは、フェリフォミア王国魔術師長ギルフォード・クロードの一番弟子であり、次期魔術師長と目《もく》されている。

二人の大げさな反応に、ルトヴィアスは苦笑した。

「ロロ・ミレンは僕の従兄《いとこ》ですし、魔術師認定を受けるのは、両親から料理科に入るのを許してもらうための条件でしたから」

ルトヴィアスの言葉を聞いて、ニーノは信じられないといったように口をぽっかり開け、ウリッセは眉を寄せて呟《つぶや》く。

「魔術の名門、マティアス家……。そんな家に生まれて、なんで料理人になんか……」

先程の男性講師の一言で、場の空気が微妙なものになってしまい、ルトヴィアスは苦い気持ちになる。

思わず俯《うつむ》き加減になった彼の前に、突然影が差した。

ルトヴィアスが頭を上げると、リサの長い黒髪が目に入る。

リサはルトヴィアスを背に庇《かば》うように前に立っていた。

「彼は確かに魔術を使えるのかもしれませんが、今は料理科の生徒です。精霊と契約したからと言って、魔術師にならなければいけないという義務はありません」

毅然《きぜん》とした態度で言うリサの姿に、ルトヴィアスは胸がジンとなった。自分が料理人を志《こころざ》したきっかけであり、背中を押してくれた人でもあるリサ。

彼女はルトヴィアスの家柄や才能ではなく、料理に対する想いを見てくれている。そのことを、ルトヴィアスは改めて感じた。

リサから警戒するような目を向けられた魔術師科講師は、ふっと表情を緩《ゆる》め、ははっと声を出して笑う。

「すまない、悪気はなかったんだ。ロロは私が初めて教えた生徒でね。今では次期魔術師長などと言われているが、入学当初は精霊に振り回されて、制御に苦労していたんだよ。その教え子だというルトヴィアスくんはどうなのかと、気になっていたんだが……見た限り大丈夫そうだな。それに、リサ先生の精霊も傍《そば》にいることだし」

男性講師は、そう言ってリサの肩あたりに視線を向ける。

講師の言葉を不思議に思ったニーノとウリッセも、つられてそちらに目を向けた。そして、またもや目を見開く。

「精霊……」

リサの肩には、精霊バジルがちょこんと座っていた。

ルトヴィアスだけではなく、その先生までもが精霊と契約しているとは思わなかったらしく、ニーノとウリッセはただ驚くばかりだった。

リサはその様子に苦笑を浮かべる。

「精霊と契約しているといっても、私に出来ることは少ないですけどね。ルトヴィアスくんに何かあった時は魔術師長である養父に相談しますので、ご安心を」

「それは心強い。……さて、ウリッセ」

にこやかに言ったあと、男性講師は真剣な面持ちでウリッセを見る。

「故意でなかったとはいえ、君の行いが間違っていたことはわかるね」

じっと見つめられ、ウリッセは俯《うつむ》きながらも頷《うなず》いた。

彼が男性講師に背を押されて前に出ると、リサは体を横にずらしてルトヴィアスに場所を譲《ゆず》る。

俯いたまま視線をちらちらと向けてくるウリッセ。彼が口を開くのを、ルトヴィアスは辛抱強く待った。

「……すまなかった」

沈黙のあと、絞り出すような声が聞こえた。

ウリッセがこれまで持っていたであろう選民意識。それがひっくり返されるほどの出来事が、この数分の間に起こったのだ。多感な年頃の男子のアイデンティティが、今まさに揺らいでいる。

それを察して、ルトヴィアスはウリッセに同情的な視線を向けた。

「いや、俺も言いすぎたところがあるから、おあいこだ」

ルトヴィアスは気まずそうに頭を掻きながら言う。

するると、ウリッセの隣にニーノが歩み出た。

「そもそも僕がここに来たのが悪かったんだ。それに、僕がウリッセを止めなきゃいけなかったのに……本当にごめんなさい。そちらの女の子も、エプロンをダメにしちゃってごめんなさい」

とても申し訳なさそうに、ニーノは謝罪した。ウリッセの魔術を暴走させてしまったことに責任を感じているようだ。

ウリッセも、アメリアに視線を向けた。

「エプロンは俺が弁償する。燃やしてしまってすまなかった」

素直に謝ったウリッセに、アメリアは複雑な表情で口を開く。

「べ、弁償してくれるなら別にいいよ……」

ルトヴィアスとウリッセの喧嘩《けんか》のとばっちりでエプロンを燃やされ、アメリアとしては面白くないのだろう。けれど、場が収まりそうになっている今、駄々をこねることは出来ないと諦めたらしい。

別にいいと言いつつも、残念そうにため息を吐《つ》くアメリア。

見かねたルトヴィアスは、自分のエプロンのポケットから小さい包みを取り出した。

「これやるから元気出せ」

ん、と押し付けるようにアメリアに差し出す。

包みの中身はクッキーだった。

ルトヴィアスも、アメリアのエプロンが燃えてしまったことに責任を感じていた。だからクッキーは、そのせめてもの償《つぐな》いだった。

「……ありがとう」

どうしても素直に喜べないのか、アメリアは憮然《ぶぜん》とした顔でクッキーを受け取る。そんなアメリアを前に、ニーノとウリッセはそわそわしていた。

自分たちも何かおわびをしなければと思っているらしいが、特にあげるものを持っていないようだ。

「ぷっ……」

わたわたしている二人を見て、アメリアが噴き出した。

「あははは！　もうそんなに怒ってないから大丈夫。もちろんエプロンがダメになっちゃったのは残念だけど、ルトと仲直りしてくれたし、もういいよ」

さっきまで落ち込んでいたのが嘘みたいに、アメリアはからからと笑った。

その言葉にニーノはほっとし、ウリッセはなぜか頬を染めている。

「そうだ、ルト。クッキーが余ってるなら、二人にもあげたら？」

アメリアの提案に、ルトヴィアスは頷《うなず》いた。

元々ニーノは、料理のことを聞きたくてここに来たのだ。きっと食べ物をあげたら喜ぶに違いない。

クッキーの包みならば、ちょうど手持ちが二つあった。

「ほら、俺が作ったクッキーだ。味は保証する」

そう言って、包みをニーノとウリッセに一つずつ手渡すルトヴィアス。

彼にとって、クッキーは料理に目覚めるきっかけとなった思い出のお菓子だ。

そういえば、そのきっかけをくれたのはアメリアだったなと、ふと思い出した。

「うわぁ、ありがとうございます！」

感激したように目を輝かせて、ニーノがお礼を言った。

「……ありがとう」

ウリッセも小声だが、ルトヴィアスに向けてお礼を述べる。

そんなウリッセに、アメリアはニコニコと笑いかけた。

「ルトのクッキーはおいしいんだよ！　二人も絶対好きになるから！」

ウリッセにぐっと近づくアメリア。すると、ウリッセの表情が変わる。

彼は至近距離にあるアメリアの顔から視線を逸らしたものの、その耳は赤く染まり、顔も紅潮していた。

「……あ、あ、後で、食べてみる……」

ウリッセがどもりながら答えると、アメリアは満足げにルトヴィアスの隣に戻る。

その動きを目で追ったウリッセは、ルトヴィアスとアメリアの距離の近さを見て、悔しそうに眉を寄せた。

それを見たリサと魔術師科の講師は、おやと顔を見合わせる。

喧嘩《けんか》は治まったが、別の争いの火種《ひだね》が生まれてしまったらしい。

だが、これ以上は本人たちに任せようと、リサと男性講師は肩を竦《すく》めた。

傍観《ぼうかん》していたハウルもウリッセの気持ちを察して、やれやれとため息を吐《つ》く。

クッキーのことについてニーノから質問攻めされるルトヴィアスと、ウリッセから熱い視線を向けられながらもそれに全く気付かないアメリア。

そんな四人をしばらく眺めていたハウルも、輪の中に入れてもらおうと歩き出す。

諍《いさか》いはあったが、友達の輪が少しずつ広がろうとしていた。ぎこちない会話をしている生徒たちを、講師の二人は温かい目で見守る。

そう遠くない未来、この子供たちがフェリフォミア王国を担《にな》っていくことになる。魔術師として、料理人として、お互いに切磋琢磨《せっさたくま》してほしい。

楽しそうに話す彼らを見ながら、リサはそう願っていた。

その日の夜。

ルトヴィアスは疲れた体を休ませようと、早めに寝る準備をしていた。

パジャマに着替え、いざベッドに入ろうという時、ふと昼間の出来事が頭に思い浮かぶ。

「なぁ、シャーノア」

ルトヴィアスは先に枕元で寛《くつろ》いでいた精霊に向かって話しかけた。

「なんですか？」

うつぶせになって頬杖をつき、足をパタパタと動かしていた彼は、起き上がってルトヴィアスを見上げた。

「お前って、あんなに魔力が強かったっけ？　昔は水の勢いも量も、もっと少なかったと思うけど……」

ルトヴィアスが気になったのは、今日の合同授業の時、シャーノアが使った魔術のことだ。

昔、シャーノアが瞬時に出せる水の量はもっと少なく、あれほど勢いもなかった。

もちろん時間をかけて準備をすれば、大規模な魔術を使うことは出来る。

しかし、瞬間的に使うとなると、精霊と契約者の力量にもよるが、魔術の大きさは制限されるものなのだ。

ルトヴィアスは魔術師科の生徒とは違い、日常的に精霊魔術を使っているわけではない。だから自分の思い違いかとも思ったが、念のためシャーノアに確認しておこうと思ったのだ。

ルトヴィアスの言葉に、一瞬きょとんとしたシャーノア。だが、その後で何か思い出したように手をぽんと叩く。

「そういえば、以前より力が強くなったんです！」

「え、やっぱり!?」

ルトヴィアスはシャーノアの言葉に驚き、目を大きく見開く。

シャーノアはそんなルトヴィアスをよそに、話を続けた。

「マスターの作ったご飯やお菓子を食べるようになった頃から、徐々に強まってきたんですよ。バジルの言う通り、マスターの料理を食べると元気が出るというのは本当でした！」

嬉しそうな笑みを浮かべ、シャーノアはのほほんと言った。

「いや、それは元気が出るとかそういう問題なのか？」

マイペースな自分の精霊に、ルトヴィアスは思わず突っ込む。

元気が出るというより、根本的な魔力が上がっているのではないだろうか？　ルトヴィアスの作った料理を食べるようになった頃から……ということは、それが原因と考えられる。

そのことに思い至ったルトヴィアスは頭を抱えた。

精霊魔術に関する大発見となりうるその事実に、ルトヴィアスはどう反応していいものか複雑な心境になった。

しかし、当の精霊は気にした素振りもなくぽややんとして、ルトヴィアスに笑みを向ける。

「今日のラーメンもおいしかったです！　マスター、また作ってくださいね！」

のんきにそんなことを言うシャーノア。

その様子を見て、ルトヴィアスはがっくりと肩の力が抜けた。

「ああ、わかった。今度な……」

力なくそう返すと、シャーノアは嬉しそうに「わーい」と言いながら、その場でクルクルと回っていた。

真剣に考えるのもあほらしくなってきて、ルトヴィアスは思考をやめる。

そしてベッドに入ると、すぐに襲ってきた睡魔《すいま》に身を任せるのだった。

書き下ろし番外編

ある青年の依頼

季節は初秋を迎えた休日の午後。

「……よし」

ジークは小さく呟くと、王都のある店のドアを開けた。

「いらっしゃいませ」

女性店員がにこやかにジークを歓迎する。

一方、ジークは内心ドギマギしていた。

店内にはいくつかのガラスのショーケースがあり、その中に敷き詰められた天鵞絨《ビロード》の上には煌《きら》びやかな宝石やアクセサリーが恭《うやうや》しく並べられている。

慣れない空間にどうにも落ち着かない気持ちになる。

「本日は何かお探しですか？」

「いや、エリアスさんと約束が……」

「ああ！　伺っております。こちらへどうぞ」

女性店員はすんなりジークを店の奥に通す。

案内されたのは店の二階にある部屋だった。

ノックをして入室の許可を得てから、ドアを開ける。

「ジークさんいらっしゃいませ。狭いですがどうぞ」

出迎えてくれたのは、ジークよりも年上の男性だ。

「失礼します」

一言断ってジークは入室した。

広くはないその部屋には、大きめのデスクと椅子が置かれ、その後ろの壁は一面が棚になっている。入ってすぐのところには応接セットが配置されていた。

何より印象深いのは部屋の中に漂う香り。カフェでおなじみのコーヒーの残り香だ。

「そちらにかけてお待ちください。今飲み物を用意しますね」

そう言って彼はいそいそと棚から道具を取り出す。事前に挽いたコーヒーの粉をネルフィルターに入れると、沸かしていたお湯を慣れた手つきで注いでいく。

部屋には新たに香ばしいコーヒーの香りが充満した。

やがてポットから一人分ずつカップに注ぎ、彼はそれが載ったトレーを持ってジークのいる応接セットにやってきた。

「お待たせしました。おいしく淹《い》れられてるといいんですが……」

「あ、ありがとうございます……」

噂には聞いていたが、これほど手慣れた様子でコーヒーを淹れられる人がカフェ・おむすびのメンバー以外にいるなんて思っていなかった。

というか、厨房《ちゅうぼう》担当でコーヒーを淹れる機会があまりないジークよりも慣れていると思う。

ジークの前にカップを置く彼の名は、エリアス・マーロン。カフェの店員でもなんでもなく、本業は宝石デザイナーである。

「いただきます」と呟き、ジークはまだ熱々のコーヒーをちびりと飲む。

――あ、うまいな。

さすが淹れ慣れているだけあって、普通においしい。

カップから口を離し顔を上げると、こちらをじっと見つめていたエリアスと目が合った。味の感想を期待しているのか、視線が痛い。

「おいしいです……」

「っはぁ～良かった～！　カフェ・おむすびの方に飲んでいただくのははじめてなので、

大丈夫か不安だったんですよ！」

ジークの言葉に安堵したエリアスは、破顔して自身もコーヒーを飲み始める。そして、

「うん、今日はなかなか」と自画自賛している。

少し冷めてきたコーヒーをもう一口飲んだところで、ジークはハッとする。

ここには用事があって来たのだった。

「エリアスさん、今日はあなたにお願いがあってきました」

ジークが切り出すと、エリアスも表情を引き締めてカップを置く。

「そうでしたね。……もしかして指輪ですか？」

「え……なんでそれを……」

「ふふっ、先日声をかけられた時のジークさんの雰囲気でなんとなく、ね」

エリアスはそう言って微笑んだ。

今日こうしてエリアスに時間を取ってもらうことになったのは、彼の言う通り先日ばったり会ったのがきっかけだった。

その日はカフェ・おむすびの休業日だった。

ジークは特に予定もなく、暇をしていたため、新しいケーキの試作でもしようかと思

い、カフェに向かっていた。

カフェの休業日に打ち合わせを行う日もあるが、今日はメンバーも完全に休み。本当はジークもリサとどこかに出かけたかったのだが、リサの養母アナスタシア主催のお茶会がちょうど開かれ、リサはそちらに駆り出されてしまった。

女性の会でもあるお茶会にジークが参加するわけにもいかず、こうして暇を持て余しているのである。

カフェの近くにさしかかった時、店の前に人が佇《たたず》んでいるのが見えた。

さらに足を進めると、その人はカフェの常連客のエリアスであることに気付く。

「すみません、今日はお休みです」

ジークが声をかけると、彼は驚いた様子で振り向いた。

「コーヒー豆が切れてしまったので買いに来たのですが、今日はお休みだということをすっかり失念していました」

そう言ってエリアスは、苦笑する。

エリアスはたびたびカフェ・おむすびでコーヒー豆を購入していく。

コーヒー豆は基本的に流通していない。もっと言えば、焙煎《ばいせん》した状態のコーヒー豆を取り扱っているのはカフェ・おむすびくらいのものだ。

コーヒー豆はアメルケティという珍しい植物の実が原料で、カフェでは生豆《なままめ》という焙煎前の状態でアシュリー商会から仕入れている。

飲用やスイーツに使うため、カフェではそれなりの量を仕入れているが、個人でというのはなかなか難しい。

さらに、生豆を焙煎するのもそれなりに知識と技術が要る。

趣味と実益を兼ねて、自身でもコーヒーを淹《い》れるエリアスだが、豆の焙煎はさすがにできないため、たびたび豆だけ購入していくのだ。

とはいえ、コーヒーを入れるのは一筋縄ではいかない。

生豆を焙煎し、その豆を粉砕。そこでようやく淹れられる状態になるのだが、淹れるのにも専用の道具が必要で、かつ簡単に淹れられるものでもない。

そのため、個人的にコーヒーを楽しんでいる人はエリアスを含め数人しかジークは知らなかった。

カフェの常連客は多く、なかなか接客の機会のないジークは全員を把握しているわけではない。けれど、エリアスはコーヒー好きでたびたび焙煎したコーヒー豆を購入していく数少ないお客さんのため、常連客の中でもひときわ印象に残っていた。

「俺が焙煎できたらすぐ渡せるんですが、コーヒーに関してはヘレナが一番腕がいいので……」

カフェ・おむすびのメンバーの中でコーヒーに関する知識と技術が抜きん出ているのはヘレナだ。リサからはじめにやり方を伝授されたというのもあるが、ヘレナは個人的に練習し、試行錯誤を続けている。

さらにお客さんに淹《い》れる機会も多いため、その腕は日々磨かれている。

ジークもできなくはないが、やはりヘレナには劣る。

いつもヘレナが焙煎《ばいせん》した豆を購入しているエリアスには物足りないだろう。

「いえ、そんな！　休業日と知らずに来た私が悪いので……。また明日出直しますよ」

エリアスはジークの言葉に恐縮しつつ答えた。

ジークは甘いもの好きで、コーヒーよりは花茶の方が好きだ。

一方、エリアスは甘いものが苦手で自分で淹れるほど、コーヒーが好きなのだ。

一日に一度は何かしら必ず甘いものを食べるジークと同様に、エリアスも毎日コーヒーを飲んでいると聞いたことがある。

「明日、朝一でヘレナに伝えておきます」

「ありがとうございます。それだけでも嬉しいです」

せめてこのくらいはと提案したジークにエリアスは嬉しそうに微笑む。

それから少し世間話的な会話をする。

ジークはあまりおしゃべりな方ではないが、お互いにそのまま別れるのも……と思ったのだろう。

それにジークは、内心でこのタイミングでエリアスと会ったことは何かの啓示かと思った。コーヒー豆を買えなかったエリアスには悪いが、そう思うくらいナイスなタイミングだったのだ。

なぜならここずっとジークはあることを考えていた。

それはそろそろリサとの関係を次のステージに進めたいということ。

つまりは、結婚だ。

リサと付き合いはじめてすでに三年。

カフェに料理科にとお互い忙しく、なかなかタイミングを掴めずにいた。

恋人という関係も悪くはない。けれど、そろそろ公的にもパートナーという約束が欲しい。

ジークはこの先、リサ以外に考えられないし、ずっと互いに支え支えられる関係でいたいと思っていた。

当のリサの気持ちをはっきり聞いたことはないが、リサの性格上、嫌ならば既に別れている。だから、受け入れてくれるという自信はあった。

ただ、いざプロポーズするとして、その際、手ぶらでは格好が付かない。

そこで、指輪をどうするかという問題に直面したのだ。

フェリフォミアではセクスティアイリングという伝統的な指輪を贈るのが求婚の作法だ。セクスティアイリングには、自分の家の紋章に使われている花の意匠《いしょう》を取り入れたり、意味のあるモチーフをデザインとして組み込む。

故にセクスティアイリングはほぼオーダーメイドになる。

王都には大小様々なアクセサリー店があり、たいていがセクスティアイリングを取り扱っている。

だからこそジークは困っている。

ジークはファッションに疎《うと》く、店の良し悪しもわからないし、どう選べばいいのかもわからない。

そんな時、偶然会ったのがエリアスだった。

どう切り出そうか悩んでいるうちに、エリアスは「お休みの日に引き留めてしまってすみません」と会話を切り上げようとする。

ジークは慌てて、引き止めるように「あの！」と口を開いた。

「エリアスさんに装飾品のことで相談したいことがあるんですが！」

いきなりのことにエリアスはきょとんとした顔をした。

「すみません、突然……。でも、エリアスさんは宝石やアクセサリーのデザイナーをされていると聞いたので……」

もしかして限られた顧客のみを対象としていて、個人的な注文を受けたりしない店なのだろうかとジークは不安になる。

すると、エリアスはふわりと笑みを浮かべ頷《うなず》いた。

「ええ、私でよければもちろんご相談に乗りますよ」

彼の答えにジークはホッと胸を撫で下ろす。

「けれど、今はさすがに店に戻らないといけないので、後日でもいいですか？」

「はい、もちろん」

そして、ジークは日を改めてエリアスのもとを訪ねることになったのだ。

「日頃お世話になっている方のセクスティアイリングをデザインできるなんて、私も嬉しいですよ」

エリアスはそう言って、応接テーブルにデザインの見本になる資料を並べはじめた。

「そう言っていただけて助かります。こういうことに詳しい知り合いもいなくて……」

「おや、リサさんのお母様はたしかシリルメリーのデザイナーだったはずでは……？

きっとこういったことにも詳しいと思うのですが」

ジークも実はそれを考えていた。しかし――

「先日エリアスさんとお会いした後、アナスタシアさんにはサイズについて聞きましたが、彼女自身は指輪は本職じゃないからと……。なのでまずはエリアスさんに相談してみようと思いまして」

「なるほど。では私に任せてください。満足いただける指輪をデザインさせていただきます！」

「よろしくお願いします」

「では、デザインを決めていきましょうか」

そう言って、エリアスはわくわくした様子で白い紙を広げる。

途端に仕事モードになったエリアスに少し圧倒されながらも、ジークは自身の希望を伝えていく。

ファッションについて疎《うと》いながらも、ジークにもこうしたいという希望はいくつかある。

それをくみ取りながら、エリアスはいろいろと提案してくれる。その辺りはさすがにプロと言ったところだ。

ジークの意見を聞きつつ、エリアスは指輪のデザインを着々と決めていく。

漠然としたイメージが彼の手によって具体性を持っていくのを見ていると、ジークも心が躍《おど》った。

こうしてジークは、リサに結婚を申し込むためのセクスティアイリングをエリアスに依頼することとなったのだ。

デザインが決まってから指輪ができるまではひと月ほどかかる。

指輪が完成したという連絡をもらい、ジークは再びエリアスのもとを訪ねた。

「ジークさん、お待ちしてました」

カフェの休業日にお店を訪ねると、ちょうどエリアスが店内にいた。

「こんにちは。受け取りに来ました」

「はい、出来上がってますよ」

エリアスは笑顔で「少々お待ちください」と言うと、奥から四角いケースを持ってくる。

「こちらです」

彼は上蓋をぱかりと持ち上げて、中身をジークに見せる。

布の貼られた台座には完成した指輪が収まっていた。

「手に取って見てください」

エリアスに促《うなが》され、ジークは少し緊張しながら指輪を手に取った。

指輪の中央にはジークの瞳の色に似た小さい石が配置され、その台座に花と剣のモチーフが彫られていた。

ちなみに花はジークの家の紋章に使われているものだ。

さらに指輪の側面には、繊細な鎖がデザインされている。

それぞれ意味があるモチーフが上手く調和しているのは、エリアスのデザインセンスに寄るところが大きい。

特にリサが嵌《は》めることを考えると、女性的なデザインでなければならない。

そういったことをすべて叶えてくれて、ジークはエリアスに頼んで良かったと心底思った。

「こんなに綺麗な指輪を……ありがとうございます」

ジークは上手い言葉が出てこない。口下手なのが今はとてももどかしい。

けれど、エリアスはそんなジークに柔らかく笑みを向けた。

「こちらこそ素敵な瞬間のお手伝いができて嬉しいです。頑張ってくださいね」

「はい」

精算をして、ジークは受け取った指輪を大事に抱えて店を後にする。

緊張と不安と、未来への期待と希望が胸の中で複雑に入り交じる。

けれど、抱えた指輪から、ジークを後押しするかのようなパワーを感じた。

幸せの予感に、自然と口角が上がり、足取りは軽くなる。

上機嫌で歩くジークは、その様子をこっそり見ていた旧友に気付かなかった。

ましてや、それが後にリサを嫉妬《しっと》させることになるとは、この時はまったく予想もしていなかったのである。

RC Regina COMICS
大好評発売中!!
異世界でカフェを開店しました。
1~5
原作
甘沢林檎
Ringo Amasawa
漫画
野口芽衣
Mei Noguchi
アルファポリスWebサイトにて
好評連載中!
異世界でカフェを開店しました。5
力を合わせてLet'sクッキング!
カフェのピンチをみんなで守れ!
異世界クッキングファンタジー
待望のコミカライズ!
突然、ごはんのマズ〜い異世界にトリップしてしまった理沙。もう耐えられない! と食文化を発展させるべく、カフェを開店。噂はたちまち広まり、カフェは大評判に。精霊のバジルちゃんや素敵な人達に囲まれて異世界ライフを満喫します!
B6判・各定価:本体680円+税
シリーズ累計53万部突破!
アルファポリス 漫画
検索

＊B6判　＊定価：本体680円+税　＊ISBN978-4-434-24567-1

本書は、2015年9月当社より単行本として刊行されたものに書き下ろしを加えて文庫化したものです。

レジーナ文庫

異世界《いせかい》でカフェを開店《かいてん》しました。 6

甘沢林檎《あまさわりんご》

2018年 6月20日初版発行

文庫編集－塙綾子
発行者－梶本雄介
発行所－株式会社アルファポリス
〒150-6005 東京都渋谷区恵比寿4-20-3 恵比寿ガーデンプレイスタワー5階
TEL 03-6277-1601（営業） 03-6277-1602（編集）
URL http://www.alphapolis.co.jp/
発売元－株式会社星雲社
〒112-0005東京都文京区水道1-3-30
TEL 03-3868-3275
装丁・本文イラスト－⑪（トイチ）
装丁デザイン－ansyyqdesign
印刷－株式会社暁印刷

価格はカバーに表示されてあります。
落丁乱丁の場合はアルファポリスまでご連絡ください。
送料は小社負担でお取り替えします。

ISBN978-4-434-24697-5 C0193